第30回「市民の童話賞」入賞作品集

おかやま しみんのどうわ 2015

岡山市・岡山市文学賞運営委員会 編

ふくろう出版

発刊にあたって

このたびは第三十回岡山市文学賞「市民の童話賞」入賞作品集『おかやま　しみんのどうわ2015』をご高覧いただき、誠にありがとうございます。

「市民の童話賞」は、昭和四十六年（一九七一年）に岡山市教育委員会が創設した「童話コンクール」を発展させ、昭和五十九年（一九八四年）に、岡山市名誉市民でわが国の児童文学に新しい分野を拓いた坪田譲治氏の業績を称える「坪田譲治文学賞」とともに、岡山市が主催する「岡山市文学賞」に位置づけて改称したものです。

第三十回という記念の年を迎えた今回も、市民の皆様に文学の素晴らしさや創作活動の楽しさを実感していただくとともに、坪田譲治氏のふるさと岡山から児童文学の新しい担い手が誕生することを願いながら、岡山市民を中心に広く作品を募集いたしましたところ、小中学生の皆さんから大人の方まで、幅広い年齢層から三九七編もの作品が寄せられました。

これらの作品の中から、「小中学生の部」七編と「一般の部」六編の合計十三編が、選考委員会での慎重な審査を経て入賞されました。人と人のふれあいやモノとの出会い、関わりをとおして主人公の心の成長を描いたおはなし、動物や魔女、天狗、そして人魚が登場して目の前におはなしの世界が広がる素敵な作品、テンポの良い文章で読み手を作品の中に引き込む楽しいおはなし、そして非日常の空間を描いた不思議な作品など、個性豊かな作者の皆さんの、それぞれの思いがあふれた作品集ができあがりました。

「市民の童話賞」を通じて、年を追うごとに創作活動の輪が広がるとともに、この作品集を手にされた皆様が、文学や創作活動にますます意欲的に取り組まれ、より豊かな人生を送られますよう、心から願っております。

平成二十七年一月

岡山市・岡山市文学賞運営委員会

目　次

一般の部

最優秀　『幸運の鳥』（第二部）榮本愛子　6
優　秀　『まいごの子ぞう』（第一部）角南知子　26
入　選　『ギンブナのチョコ』（第一部）河口典彦　33
入　選　『どたばた　ドドド』（第一部）藤本真理子　39
入　選　『まじょの子リサのドレス』（第一部）マコービックス　千明　46
入　選　『天狗の子』（第二部）岡　由記子　53

小中学生の部

入　選　『海ポストと人魚のあおちゃん』尾関心慧（岡山市立高島小学校3年）　76
入　選　『黒沢山のこん虫さい集』小野敦之（岡山市立陵南小学校4年）　83
入　選　『ウソ』大谷紗惠子（岡山県立岡山操山中学校2年）　90
入　選　『時計』此内慧士（岡山県立岡山大安寺中等教育学校3年）　99

佳　作『ま法のこう水』　川　上　京　香（岡山市立宇野小学校６年）　103
佳　作『はなこ』　佐　藤　桜　子（岡山市立石井小学校６年）　108
佳　作『俺、昨日過去に会いに行ったんだ』　長　山　大　成（岡山県立岡山大安寺中等教育学校２年）　116
選後評　125
市民の童話賞募集要項　138

一般の部

幸運の鳥

榮本愛子

「あーあ、おうちに帰りたくないなあ」

下校途中、一人で通学路を歩きながらあかりは呟《つぶや》きました。道端の石を蹴《け》ると、石はコロコロと転がって、用水路にポチャンと落ちました。あかりはその波紋を見つめながら、昨日ママに言われたことを思い出していました。


「あかり。パパとママ、どっちが好き?」

昨晩、パパとママが喧嘩《けんか》した後のことでした。

「ママがこの家を出たら、あかりはどっちについて行く?」

ママは泣きながらあかりを抱きしめると、そんなことを聞いてきました。あかりは答えられませんでした。本当は、子供のように泣いているママがかわいそうで、思わず「ママについて行くよ」と慰《なぐさ》めてあげたくなりました。けれど、その言葉を口に出してしまうと、パパを裏切るような気がしました。大好きなパパとママ、どちらかを選ぶことなんてできません。だから、あかりはただ黙って、ママの腕の中でじっとしていました。

ママは、何も答えないあかりを見て「わかったわ」と呟きました。そしてあかりを腕からはなすと、冷たい声で言いました。

「答えられないのね。いいわ、ママは一人で出て行くから」

あかりは暗い部屋にポツンと残されました。考えても考えても、なんて答えたらよかったのか、正解はわかりませんでした。けれど、ママを傷つけてしまったことだけは確かでした。

「私のせいだ」あかりは一人で声を出さずに泣きました。

「私のせいで、ママを悲しませちゃった。どうしよう」

昨日の出来事を思い出しながら、ゆううつな気持ちで家につきました。

ランドセルから鍵を取り出して玄関の扉を開けようとしたときです。黒い小さな鳥の影が、風のように視界を横切りました。

「あれ？」

ふと上を見上げると、ツバメが玄関先に巣を作っているではありませんか。

「気づかなかった。こんなところに巣を作っていたなんて」

珍しくて眺めていると、一人のおばあさんが通りかかりました。ご近所に住んでいる松井さんです。

「あら、ツバメ。あかりちゃん、知ってる？ツバメは幸運の鳥なのよ」

「幸運の鳥？」

あかりが聞き返すと、松井さんはニッコリと微笑みました。

「そう。ツバメが巣を作るとね、その家にはいいことがあるの。家庭円満、幸せになるっていう言い伝えがあるのよ」

あかりはそれを聞いてハッとしました。

――神様がパパとママを仲直りさせるために、ツバメをこの家に連れてきてくれたのかもしれない。

あかりは心の中で、神様に手を合わせました。

――神様、ありがとうございます。頑張って、ツバメさん。

あかりは日が暮れるまで、せっせと巣を作るツバメを見守っていたのでした。


朝、あかりとママが一緒に、家から出たときのことでした。

「まあ、嫌だ。こんなに玄関を汚《よご》して」

ママが顔をしかめて言いました。ツバメの白いフンが、絵の具を散らしたように玄関先に点々とついていました。

「汚いわ。こんなところに巣を作るなんて、迷惑なツバメね」

ママは巣を見上げると、ため息をつきました。

そこへ、会社に行く準備をしたパパもやってきて、靴を履《は》きながら言いました。

「いいじゃないか、かわいくて。ツバメは虫も食べてくれるし、益鳥《えきちょう》と言われているんだよ」

それを聞いたママは、眉をつり上げました。

「あなたは関係ないからいいでしょうけどね、ここを掃除するのは私なのよ」

ママは朝から機嫌が悪いようです。

「あなたが会社に行っている間、私は掃除洗濯をして、パートに行って、子供の世話をして、あなたのご飯を作らなきゃいけないの。その上、ツバメのトイレの世話までしろって言うの」

パパは黙って靴を履き終えると、ママの顔を見ようともせず、「行ってくるよ」とあかりの頭をなでました。ママはそんなパパの背中から、嫌味たっぷりに言葉を投げかけました。

「都合が悪くなると、いつもそうやって私を無視するのね」

ついカッとなったパパも言い返しました。

「君はどうしていつもそんな言い方しかできないんだ」

あかりは慌てて、二人の間に入っていきました。

「パパ、ママ。私がツバメの面倒を見るから喧嘩しないで」

パパとママは、驚いた顔であかりを見ました。

「面倒を見るって……。あかり、フンの掃除もできる?」

あかりは頷《うなず》きました。

「毎朝、早起きして掃除するわ」

「でもね、あかり。いまなら巣も半分しかできていないし、壊すことだってできるのよ」

あかりは首を横に振りました。

「お願い。壊さないで。お願い」

必死なあかりを見て、パパとママは不思議そうな顔をしました。いつもおとなしいあかりが、こんなにはっきりと意見を言うのは珍しかったのです。けれどあかりは、理由を話しませんでした。

――このツバメが、家庭円満を運んできてくれるはず。

そんな願い事は、口に出すと叶わなくなってしまう気がしました。だから笑って、「私、ずっとペットが欲しかったの」と言いました。

宣言通り、それから毎朝、あかりは玄関掃除をしました。巣の下に新聞紙を敷いて、掃除の度に新しいものと交換しました。

「巣はもうすぐできる?頑張ってね」

あかりが話しかけると、ツバメは首をかしげ、まるで言葉がわかるかのように愛嬌《あいきょう》のある仕草をしました。あかりは嬉しくて、まるで新しい友達ができたような気分になったのでした。

五月のある日、ついにツバメの巣が完成しました。そして数日後、灰色の雛《ひな》が生まれました。

あかりが大喜びでツバメの巣を眺めていると、再びご近所の松井さんが通りかかりました。

「あかりちゃん、ツバメは元気？」

「うん、見て見て！雛が三羽も生まれたの」

松井さんはあかりの隣で一緒に巣を見上げると、目を細めました。

「まあ、かわいい。あかりちゃんが一生懸命お世話したからね」

親ツバメも誇らしそうに尾を上下させています。

「あかりちゃん。ツバメはこれからが大変よ」

急に深刻そうな顔をして、松井さんが言いました。

「このあたりはカラスが多いでしょう。昔、私の実家にもツバメがいたんだけど、みんなカラスにやられちゃったの。カラス対策をしておかないと、ここも危ないかもしれないわ」

「カラス？」

あかりは驚いて聞き返しました。あかりのイメージの中のカラスは、生ゴミをつつく都会の鳥でした。まさか生きたままの他の生き物を襲うなんて、想像したこともありませんでした。

「カラスは頭がいいからね。ツバメの巣の目星《めぼし》をつけておいて、雛が大きく食べごろになってからさらっていくのよ」

「そんな……。どうしよう」

あかりが困っていると、松井さんが何かを思いついて手を叩きました。

「そうだわ。少し前までうちの畑で使っていた、カラス避けグッズがあるの。今から持ってきてあげるから、ちょっと待っててね」

そう言うと、松井さんは小走りで自宅へ戻っていきました。

しばらくして、あかりの前に姿を見せた松井さんは、片手に猫の形をした黒い板を持っていました。

「なあに、これ」

「カラスは猫が苦手でしょ。これをツバメの巣の近くに置いておいたらどうかしら。カカシみたいな役割ね」

猫の目の部分には、青い二つのビー玉がはめ込まれ、ピカピカと鋭く光っています。

「すごい。松井さん、ありがとう」

あかりがお礼を言うと、松井さんは目尻にしわを寄せて優しく笑いました。

「あかりちゃん、ツバメが元気に育つといいね」

玄関先に猫の形の板をぶらさげて、数日が経ちました。

天井から紐《ひも》で吊り下げてあるので、風が吹くとゆらりと揺れます。その度に、猫の目の青いビー玉がキラリと光り、頼もしい番人のようでした。

「玄関先にこんな物置いて、みっともないわ」

ママに文句を言われても、あかりは満足でした。猫に守られたツバメたちは、幸せそうに見えました。大きな口を開ける三羽の雛たちと、愛おしそうに餌を与える親ツバメ。そこには家族の平和な日常風景が広がっていました。あかりにとって、日々大きくなっていく雛たちを見ることが、毎日の楽しみでした。

平和になったのはツバメだけではありません。幸運の鳥のおかげでしょうか、ママとパパの喧嘩も、以前より少なくなったような気がしました。

そんな穏やかな生活が続いていた、ある日のことでした。

買い物から帰ってきたママが言いました。

「さっき玄関先の黒猫の上にね、大きなカラスが止まっていたのよ」

「え、カラスが？」

あかりは驚いて聞き返しました。

「そう、猫の上に乗って、じっとツバメの巣を見ていたの。ママが持っていた傘を振り上げて追い払ったら、ようやく飛んでいったけど……嫌ね、なんだか気持ちが悪いわ」

あかりは松井さんの言葉を思い出しました。

——カラスは頭がいいからね。雛が大きく食べごろになってからさらっていくのよ。

あかりは頭を振りました。

——きっと大丈夫。だって猫がいるんだもの。カラスは猫を怖がって、近寄ってこられないはずだもの。

しかし翌日、不安は現実のものになりました。

あかりが学校から帰ってくると、ツバメたちの様子が変でした。半狂乱になった親ツバメが飛び回っています。巣を見上げると、そこにはたった一羽しか雛が残っていませんでした。

カラスにやられたのです。

——どこに行ったの。どこに行ったの、坊やたち。

親ツバメの悲痛な叫び声が聞こえるかのようでした。

頼もしい存在だったはずの猫は、申し訳なさそうにブラブラと風に揺れていました。あかりはあまりのショックに、ただただ立ち尽くしていました。

「もしかしたら、ここに猫を置いたのがいけなかったのかもしれない」

あかりは考えました。

「この猫がカラスの足場になって、巣を狙いやすくしてしまったんじゃないかしら。だとしたら、私のせいで雛は連れ去られたんだわ」

あかりは唇を噛《か》みました。自分の無力さを思い知らされたかのようでした。

その晩のことでした。久しぶりに、パパとママが大喧嘩《おおげんか》をしました。その怒鳴り声は、あかりが寝ている部屋まで聞こえてきました。

「あなたがやるって言ったじゃない。どうして約束も守れないのよ！」

「いちいちうるさいな。俺は朝から晩まで働いてるんだ。ちょっと忘れてたことくらい大目に見てくれよ」

「私だってパートで働いてるわよ！それなのに家事も子育ても、全部私に任せっきりじゃない」

ママのかん高い声が響きます。

「おい、そんなにヒステリックに叫ぶなよ。あかりが起きるだろ。近所にだって聞こえるぞ」

パパが低い声で言うと、ママは爆発したように叫びました。

「私だって、こんなふうに怒りたくないわよ！あかりがいなかったら、あなたとなんかとっくに別れて、自分らしく生きられるのに。子供が大事だから、やりたいことも全部犠牲《ぎせい》にして、我慢してここにいるのよ」

ママのその言葉が、あかりの心に突き刺さりました。

——ママは私のせいで、自由になれないんだ。私がいるから……でも、どうすればいいの。

あかりはベッドの上で目を開けて、暗い天井をじっと眺めました。

泣き叫ぶママの姿が、雛を失って混乱したように飛び回っていた親ツバメの姿に重なりました。何もできないあかりは、ただ無力に立ち尽くしていただけでした。

――ああ、そうだ。一羽だけ残った雛は、巣の隅っこで丸まって震えていたっけ。かわいそうに、あの子もどうしたらいいのかわからないんだわ。

今まさに、自分の家庭も、ツバメの家庭もグラグラと壊れていっているのだ、とあかりは思いました。涙が後から後から出てきて、止まらなくなりました。あかりは枕に顔を押し付けて、声を押し殺して泣きました。

――せっかく家に来てくれた幸運のツバメも守れなかった。きっと、神様がくれたチャンスだったのに。私は何もできない、ちっぽけな存在なんだわ。

ママとパパの不和は、そんな無力な自分への罰のような気がしました。


次の朝、あかりはいつものようにランドセルを背負って家を出ました。

しかし途中から通学路を離れて、人通りの少ない路地に入っていきました。

昨晩泣いたおかげで、目は真っ赤に腫《は》れていました。こんなひどい顔で、学校に行きたくありませんでした。けれど、家にもいたくありませんでした。

行くあてもなく歩きました。しばらくして歩き疲れると、人気のない小さな公園のベンチに座りました。空は真っ青に晴れて、太陽の光が腫れた目に染みました。

学校をさぼったのは初めてでした。自分がとても悪いことをしている気分になりました。それと同時に、自分は自由だ、というどこか晴れ晴れとした気持ちもありました。

――ママやパパが知ったら怒るだろうな。私のせいで、また喧嘩を始めるかもしれない。「お前のしつけがよくないんだ」「なによ、私ばっかり悪者にして」なんて言うかしら。でもいいの、少なくとも今は、誰にも干渉《かんしょう》されずにいられるんだから。

あかりはベンチの上で体育座りをすると、膝《ひざ》におでこをつけ顔を伏せました。そしてそのまま目を閉じました。

どのくらいの時間、そうしていたでしょうか。

「あかりちゃん。あかりちゃん……」

誰かがあかりの名前を呼んでいます。その人にそっと肩をたたかれて、あかりは目を覚ましました。いつの間にか、ウトウトしてしまっていたようです。

あかりを覗《のぞ》き込んでいたのは、松井さんでした。松井さんは心配そうな顔をして、手に持っていた日傘をあかりにさしかけました。

「あかりちゃん、どうしたの。学校は？」

あかりは首を横に振りました。

「お母さんはこのこと知ってるの？」

あかりは再び首を振りました。

「そう……。とりあえず、おうちに帰りましょうか。お腹も空くでしょう」

「家には帰りたくないの」

松井さんは少し驚いた顔をしましたが、落ち着いた口調で尋《たず》ねました。

「お母さんと喧嘩したの？」

「ううん。喧嘩してるのはママとパパ」

「じゃあ、どうしてあかりちゃんが家出したの？」

「それは、ママが、ママが私のこと……」

それだけ言って、あかりは言葉に詰まりました。昨晩枯《か》れるほど泣いたのに、また涙が出てきました。

「自分は母親の重荷になっている」なんて、口に出すと認めてしまうような気がして、言えませんでした。喉《のど》の奥にひっかかった言葉は、嗚咽《おえつ》となって溢《あふ》れ出ました。いつもこっそり泣いていたあかりは、人前で泣くことに慣れていませんでした。声をあげて泣きたいのに、ただしゃくりあげることしかできませんでした。

松井さんは何度も小さく頷いて、あかりの背中をそっとさすってくれました。

「わかったわ、あかりちゃん。よかったら、私の家にいらっしゃい。一緒に、お昼ご飯を食べましょう。そうそう、ちょうどさっきリンゴケーキも焼いたところなの」

松井さんの家は、洋風の小さな一軒家でした。何回か町内会の回覧板を持っていったことはあるけれど、家にあがったのは初めてでした。食卓に座り、二人でお昼ご飯を食べたあと、松井さんはあかりの家に電話をかけるから、と言って席をはずしました。

あかりは居間のソファに座って、部屋の中を見回しました。部屋の隅に小さなピアノがあって、レースの布カバーがかけてありました。その上に、木で出来た写真立てが置いてあり、松井さんそっくりの年配の女性が、優しそうな微笑みを浮かべて写っていました。

「おうちには電話しておいたからね」

松井さんがそう言いながら戻ってきました。

「お母さん、驚いていたけど大丈夫、わかってくれたわ。夕方にはおうちに戻りましょうね」

あかりは頷きました。

「松井さん、あの写真の人だあれ？」

あかりはさっきから気になっていた、ピアノの上の写真を指さしました。

「ああ、あれは私のお母さんよ。去年病気で亡くなったけど、私とよく似てるでしょう」

「松井さんのママ、とっても優しそう」

「ううん、子供の時はね、とーっても厳しかったのよ」

松井さんは笑って言いました。

「私が小さい時に父親と離婚してね、女手一つで子供たちを育てたの。お母さんは朝から晩まで働いていたから、ろくに話もできなかった」

「じゃあ寂しかったでしょう?」

「そうね。でも私は三人姉妹の長女で、しっかりしなさい、っていつも言われていたの。だから寂しいなんて言えなかった。夜、小さな妹たちを寝かしつけて、一人でこっそり泣いていたわ。他の子には両親がいるのに、なんで私にはお父さんがいないんだろう、って思ってたの。他の家庭がうらやましかった」

松井さんは懐かしそうな目をしました。細かいしわの刻まれた横顔が、一瞬、少女のように儚《はかな》げに見えました。

「私にはパパもママもいるけど、全然よくないよ。だっていつも喧嘩ばかりしてるもの」

あかりはポツリと言いました。

「昨日もママが言ってたの。子供がいなかったらとっくに離婚してる、って。私のせいでママは自由になれないんだって」

松井さんは、あかりの隣に座り、あかりをそっと抱き寄せました。

「あかりちゃん、辛いのをずっと我慢してたのね。ママやパパに喧嘩して欲しくなくて、いつもいい子でいようと思ってたんでしょう」

松井さんの胸の中はあたたかく、リンゴの甘い香りがしました。

「泣きたい時は泣いていいのよ。ワガママ言いたい時は言っていいの。だってそれが、子供が通るべき道なんだから」

「でも」とあかりは言いました。

「ワガママ言ったらママに嫌われちゃうかもしれない。本当に私を置いて、出て行っちゃうかもしれない」

あかりが小さな声で呟くと、松井さんはあかりの髪の毛を撫《な》でながら言いました。

「ワガママはね、この人なら私を受け入れてくれる、って信じているから言えるのよ。あかりちゃんがどんなに悪い子でも、ママとパパは絶対に受け入れてくれるの。絶対嫌いになったりしないし、置いて出て行ったりもしない。だからもっと、言いたいことを言って、泣いて、ママとパパを困らせていいのよ。それが親と子供の役割なの」

松井さんの言葉が、あかりの胸にじんわりと染み込んで行きました。あかりの両目からポロポロと涙が出て、気づくとあかりは声をあげて泣いていました。大きな声で、赤ちゃんのように泣いていました。こんなに激しく泣いたのは、数年ぶりでした。松井さんはその間ずっと、あかりを抱きしめていてくれました。松井さんの着ている洋服の胸のあたりが、あかりの涙と鼻水でぐしゃぐしゃになりました。それでも松井さんは、あかりを腕からはなしませんでした。

やがてあかりが泣き止むと、松井さんはニッコリと笑って言いました。

「さ、リンゴケーキを食べましょうか。紅茶にはミルクを入れる?お砂糖は?」

夕方、家に戻るとママが玄関から走り出てきて、あかりをギュッと抱きしめました。そして、松井さんに何度も何度も頭をさげました。

松井さんは玄関先のツバメの巣を見上げると、残念そうに言いました。

「やっぱりカラスにやられてしまったのね」

「ええ、あかりが一生懸命世話をしていたんですけど」

ママが頷きました。

「知っていますか、お母さん。ツバメはね、家庭円満を運んでくる幸運の鳥って言われているんですよ」

松井さんは、ママの目を見て言いました。

「以前、私があかりちゃんにそう言ったんです。そうしたら、その日からあかりちゃんは頑張ってツバメを育てなきゃ、って張り切りだしたの」

「え？」

ママが驚いたように聞き返しました。

「お母さん、あかりちゃんがどうしてこんなにツバメを大事にしていたのか、その気持ちをわかってあげてくださいね」

松井さんはそう言うと、あかりに微笑みかけました。

――松井さんって、魔法使いみたい。どうして私の気持ちがわかったのかしら。

目を丸くしているあかりと、言葉を返せないママに「では、さようなら」と挨拶《あいさつ》をすると、松井さんは自分の家へ帰って行きました。

その夜、ママは仕事から戻ってきたパパと長い時間話しあっていたようでした。それはいつものような喧嘩ではなく、どなり声も泣き声も聞こえませんでした。あかりはとりあえず学校をさぼったことを叱られずにホッとしました。そして、あたたかいベッドでぐっすりと眠りにつきました。


次の日の朝。

土曜日の早朝だというのに珍しく、あかりはパパに起こされました。

「あかり。着替えてちょっと外に出ておいで」

あかりが急いで顔を洗って外に出ると、パパとママが脚立《きゃたつ》を持ち出して、ツバメの巣の前で何かをやっていました。

「何してるの？」

驚いて尋ねると、脚立の上に乗ったパパが言いました。

「ツバメを守るために、巣の前にカラス避けのネットを張ろうと思うんだ。会社の人に聞いたんだけど、これが一番いい方法なんだって」

脚立がグラグラしないように下で支えていたママも、

「あかりも手伝って。ほら、ここ押さえて」と、なんだか楽しそうです。

パパとママが二人で楽しそうにしているのを久しぶりに見たあかりは、嬉しくなりました。

「一羽残った雛を、なんとか巣立たせてあげないといけないからな」

パパがネットを張りながら言いました。

「この子が来年帰ってきて、またここに巣を作りたいって思ってくれたら素敵よね」

ママもニッコリ笑って言いました。

「どうしたの、パパもママも急にツバメをかわいがり始めて」

あかりが聞くと、パパが脚立の上からあかりを見下ろし、いたずらっぽくウインクして言いました。

「だってほら、あかり。ツバメは家庭円満を運んでくれる、幸運の鳥なんだろ?」

「お、親ツバメが低く飛んでる。明日は雨だな」

「あなたの応援してる野球チームが負けるんじゃない?」

「スワローズ?なんだよ、うまいこと言うなあ」

ネットを張る作業をしながら、パパとママは漫才のような掛け合いをしています。

二人のお喋《しゃべ》りを聞いて、あかりは思わず吹き出しました。あかりの笑顔が伝染したのか、パパもママも顔を見あわせて笑い出しました。

あかりは心の中で思いました。

――ツバメさん、ありがとう。どうか無事に巣立ってね。そして来年も再来年も、この家に帰ってきてね。

家族の笑い声が風に乗り、初夏の晴れた空に流れていきました。

まいごの子《こ》ぞう

角南知子

まちのどうぶつえんにぞうがいました。ぞうは、とおいアフリカのタンザニアという国《くに》からにほんにつれてこられたのです。雪《ゆき》のふる冬《ふゆ》の日《ひ》には、ぞうはさむくてこごえそうでした。けれど、しいくいんさんが、へやの中《なか》をあたためてくれるので、なんとかにほんで何年《なんねん》もすごすことができたのです。このぞうが子《こ》どもをうみました。にほんのどうぶつえんでぞうが子どもをうむことはめずらしいことなので、にほんじゅうが大《おお》さわぎになりました。

かわいいかわいい赤《あか》ちゃんぞうがうまれると、にほんじゅうから赤ちゃんぞうを見《み》ようと、人々《ひとびと》がやってきました。

「ねえ、ねえ、おかあさん、人間《にんげん》がいっぱいいるね」と子ぞうはびっくりして言《い》いました。

「そうよ、あなたを見にきているのよ」

「ぼくを見にきているの」

「かわいいからよ。あなたは世界中《せかいじゅう》でいちばんかわいい子ぞうだからよ」

おかあさんぞうは、ほこらしげにはなをぴゅーんとのばして、「パオーン」とこえをだしました。子ぞうも「パオン、パオン」とおかあさんのまねをしました。見ていた人間たちがかんせいをあげてはくしゅしました。それで、子ぞうには「パオン」という名《な》まえがつけられました。おかあさんぞうはうれしそうに、いとおしそうにパオンの体《からだ》をはなでやさしくなでました。

パオンはおかあさんが大《だい》すきです。とりわけおかあさんがアフリカの話《はなし》をしてくれるのがすきです。ねるときに、おかあさんのそばでいろいろなお話を聞《き》くのです。

「アフリカにはひろいひろい草原《そうげん》がひろがっているのよ。人間がサバンナとよんでいるところよ。ぞうたちは、みんなでじゆうに歩《ある》いたり、走《はし》ったりして、草原をいどうするのよ。草原にはおいしい草《くさ》があるし、森《もり》にはバナナやはっぱがあって、みんなで食《た》べるのよ。それはそれはあまくて、みずみずしくて、とろけるようなおいしさなのよ。人間がくれるくだものややさいもおいしいけれど、アフリカの草原で食べた草やはっぱのあじはわすれられないわ」

おかあさんはなつかしそうに目《め》をとじると、少《すこ》しの間《あいだ》、じっとだまるのでした。おかあさんのあたまの中にサバンナですごした日々《ひび》のおもいでがうかんでいるのでしょう。それを見ていると、パオンもサバンナへ行《い》ってみたくなるのでした。

「サバンナの夕日《ゆうひ》はきれいよ。空《そら》とじめんとがくっつくところ、どこまでもとおくまでつづくひろいひろい草原、そこへたいようがしずんでいくのよ。世界中がまっかにそまるのよ。ためいきがでるほどうつくしいのよ」

そんなけしきをおもいだしているおかあさんのかおが、ときどき少しさびしそうなのにパオンはきづきました。

「ぼくもサバンナに行きたいな」

とパオンが言うと、おかあさんははっとしたかおをして言いました。

「サバンナはすばらしいところだけど、きけんもいっぱいなの。サバンナにはいろんなほかのどうぶつもいっぱいすんでいるのよ。ライオンやチーターというねこのようなどうぶつもいるのよ。ものすごい速《はや》さで走ってきて、ほかのどうぶつをとって食べるのよ」

「ぞうたちも食べられちゃうの」

「おとなのぞうは体が大きいからむずかしいけれど、小《ちい》さい子どもなら食べられてしまう」

それを聞いて、パオンはおそろしくて、なきだしそうになりました。おかあさんにもっと体をよせました。

「だいじょうぶ、ここにいればあんしんだから。人間たちがしんせつにしてくれるし、食べものもくれるんだもの。パオンはまだ知《し》らないけれど、おそとがどんどんさむくなってゆきという白《しろ》いはなびらのようなものがふってきても、人間がおへやをあたたかくしてくれるんですからね」

「サバンナはさむくないの」

「サバンナはずっとあついのよ。でも雨《あめ》がふりつづくときもあるし、ぜんぜん雨がふらなくて、のみ水《みず》もなくて、さがしまわらなくてはならないこともあるのよ。そんなときはとてもくるしい。わたしのおかあさんも、水がなくなったとき、あつさでよわって、びょうきになってしまったの。だけど、ここにいると、そんなしんぱいもいらないのよ」

おかあさんはそう言うのだけれど、パオンは見たことのないサバンナにいちどだけでいいから行ってみようと心《こころ》にきめました。だって、ここには、おかあさんのおかあさんもおとうさんもいないのです。みんなサバンナにいるらしいのです。おかあさんだけが、人間につかまって、ここにつれてこられたのだと、パオンは思《おも》いました。

ある夏《なつ》の朝《あさ》、パオンはふととぐちをおしてみました。すると、かんたんにとがあくではありませんか。おかあさんはむこうをむいていて、パオンがでて行くところを見ていません。パオンはだれにもきづかれずに、ぞうしゃのとをあけてさっさとでて行ったのです。なんて、すてきなんでしょう。ぞうしゃのそとはとてもひろくて、おかあさんがいつも話してくれるサバンナのようです。草ははえていないけど、木《き》はいくつもありました。木のはっぱをはなでちぎって少し食べてみました。それはいちょうの木でした。ごわごわしていてちっともおいしくありません。パオンはすぐ、はきだしました。人間のくれる食べもののほうがずっとおいしいな、と思いました。

パオンはどうぶつえんの中をひとりでじゆうに歩きまわりました。おりの中のさるや、ライオンも見ました。ライオンはパオンを見ると、おりの中から、するどい目をむけて「ウオー」とはをむきました。

「こわいかおだな」

「おい、おい、そっちに行かないほうがいいぞ」と、長《なが》いくびのどうぶつがこえをかけてきました。そこから少しはなれたところにいるせいの高《たか》い黄色《きいろ》と茶色《ちゃいろ》のもようのどうぶつです。

「あなたはだれなんですか」

「わたしはきりんのントトだよ」

「ントトですか」

「スワヒリごで赤ちゃんという名だよ」

「でもずいぶんとしとっているでしょう」

「わたしにも赤ちゃんだったときがあるんでね。アフリカで人間につかまって、いろんなところに行ったんだが、ここにきてからはいちばん長いよ。きみのおかあさんがきたときのこともしっているよ。おなじアフリカからきたからね」

「アフリカはいいところなんでしょう。ぼくもいちど行きたくて、ここまで歩いてきてみたんです」

ントトじいさんは、くびをふって、はなをならしました。

「アフリカに行くのはむりだよ。ずうっととおい。ここにきてしまったら、もうにどとアフリカにはかえれないのだ。そんなことをかんがえちゃいかん。アフリカよりここのほうがずっといい。食べものもおいしいし、ほかのどうぶつにねらわれるきけんもない」

「でもじゆうがない。ひとりで草原を歩きたいんです。サバンナの赤い夕日を見てみたいんです」

そのとき、ぞうしゃのほうからはげしいさけびごえがきこえてきました。

「パオーン、パオーン、わたしのぼうや、どこにいるの。パオーン、パオーン、わたしのぼうやがまいごになってしまったんです。たすけてください。おねがいです。たすけてください。パオーン、パオーン」

かなしみにみちていました。おかあさんのこえです。パオンはきゅうにこわくなって、せいいっぱいのこえをあげました。

「パオン、パオン」

「パオーン、パオーン」

おかあさんのこえがかえってきました。

「パオン、どこにいるの、早くかえってくるのよ。人間たちが、あなたをつかまえにくるわ。しずかに、ゆっくり、かえってくるのよ。パオーン、パオーン、どうかわたしのパオンをぶじにかえしてください」

「パオン、パオン」とパオンもまた、おかあさんにとどくように大きなこえをはりあげました。そのとき、しいくいんさんたちが長いぼうをもって、パオンのほうにむかってきました。しいくいんさんたちは、おこっているようでした。いつものやさしい目《め》ではありません。「それそれ」と言いながら、パオンをゆうどうしようとします。

「パオン、パオン」

パオンは、しいくいんさんにあまえたこえをだしてみましたが、しいくいんさんたちはパオンの体をぼうでつつきました。パオンは少しかなしくなりました。ぞうしゃのまえまでくるとおかあさんが、目にいっぱいなみだをうかべていました。

「どうか、おねがいです。ぼうやをたたかないで。ちょっとまいごになっただけなんです。まちがえてとぐちをでていっただけなんです。パオーン、パオーン、わたしのぼうやをゆるしてください」

でもおかあさんのことばはしいくいんさんたちにはわからないようです。なおもパオンをぼうでつつきながら、ぞうしゃにはいらせました。パオンはぞうしゃにはいるとおかあさんのそばにとびこみました。

「ぼく、サバンナに行きたかったんだよ。草原を見てみたかったんだよ。でも、ほんとうはおかあさんのそばがいちばんすきなんだよ」

おかあさんはだまってパオンを長いはなでだきしめました。

ギンブナのチョコ

河口典彦

さむかったふゆがおわり、だんだん川の水がぬるくなってきました。川べりのさくらのつぼみがふくらみ、いまにも花びらがひらこうとしていました。

ぼくは、たくさんのきょうだいたちといっしょに、たまごから生まれました。

生まれたばかりのときは、みんななかよくいっしょにおよいでいましたが、しばらくすると、みんなは、ぼくのことをチョコとよびすてするようになりました。

ぼくは、いっしょうけんめいにおよぐのだけど、みんなは、ぼくのことをわらいながら、

「お〜い、チョコ。はやくこいよ。」

とよびました。

ぼくが、

「どうしてわらうの。」

と聞くと、みんなは顔を見あわせながら、ざわざわとつぶやきました。

「およぐのが、あんまりみっともないからさ。」

「いっつもおよぐのが、おそいよな。」

「だって、しかたないわよね。しっぽがはんぶんじゃ。」

と言うと、みんなは、くすくすとわらいながら、むこうのほうへ行ってしまいました。

チョコは少しかなしくなって、お母さんのまっているところに帰りました。

お母さんは、

「どうしたの、チョコ。みんなと遊んでたんじゃなかったの。」

と、しんぱいそうに言いました。

チョコは、しんけんな目をして、

「お母さん、ぼくのしっぽは、どうしてはんぶんしかないの。」

と、聞きました。

お母さんは、

「えっ。」

と、びっくりしてチョコの顔をのぞきこみました。

お母さんは、元気のないチョコのからだをじぶんのからだでやさしくつつみました。

そして、ゆっくりと話しはじめました。

チョコがまだ小さかったころのことです。チョコはたくさんのきょうだいたちといっしょに、お母さんのあとについておよいでいました。すると、水くさのしげみに近づいたときのことです。とつぜん大きなカメがおそってきたのです。そのカメは耳のところが赤くて、小さな生きものならなんでもひとくちに食べてしまうのです。

チョコのきょうだいたちも、つぎつぎにそのカメにのみこまれていきました。お母さんは、ひっしになってカメにたいあたりして子どもをまもろうとしました。

チョコもいっしょうけんめいにおよいでにげましたが、カメにしっぽをがぶりとかぶられてしまったのです。

チョコはその話を聞いて目をまるくしました。そして、言いました。

「お母さんは、ぼくをたすけようとしてくれたんだね。」

「そうだよ。でも、しっぽをはんぶん食べられてしまってごめんね。」

そういって、お母さんはなみだぐみました。

チョコは、お母さんのからだをだきかえして言いました。

「お母さん、ぼくをたすけてくれてありがとう。ぼくは、これからは、しっぽのことでわらわれてもへいきだよ。」

チョコの目にもなみだがあふれました。そして、お母さんにだきついたまま、いつのまにかねむっていました。

つぎの朝、チョコが目をさますとお母さんは、そばにいませんでした。

川のなみが、たいようの光できらきらとかがやき、川ぞこまで明るくてらしていました。

チョコは、まぶしさにまけないように、まぶたを大きく開けながら川しものほうにおよぎました。

きみどりいろのマコモがおいしげっているところに、モツゴの親子がいました。

チョコは子どもに話しかけました。

「モツゴさんは、からだのよこに太いせんがあって、かっこいいね。」

モツゴの子は、はずかしそうな顔をして、言いました。

「そうかなあ。わたしは生まれたときから、このせんがあるのよ。お母さんにもあるでしょ。」

それを聞いていたモツゴのお母さんは、わらいながら言いました。

「どこの親子もからだのもようは同じなのよ。親子だからあたりまえなのよ。」

そのときです。

とつぜん、マコモの葉っぱのかげから大きなカメがこちらをのぞいてきました。耳のところが赤くかがやいていました。

チョコは大ごえでさけびました。

「にげよう。」

チョコは、むがむちゅうでからだをたてにして、しっぽを動かしました。じぶんでも、なにをしているのかわかりませんでした。

すると、川ぞこの土があたりいちめんにまい上がり、いっきに見とおしがわるくなりました。カメは、とつぜんのことにおどろいて、むこうに行ってしまいました。

しばらくすると、水のにごりがなくなり、まわりが見えてきました。

マコモの根もとのあたりを見ると、葉っぱのかげに、モツゴの親子がからだをよせあっていました。

モツゴのお母さんが、いきをととのえながら言いました。

「ギンブナさん。あなたがしっぽを動かしてくれたおかげでたすかったわ。ありがとう。」

チョコは、やっとじぶんのしっぽがやくに立ったことに気がつきました。そして、うれしくてしあわせな気もちになりました。

チョコは、いつもよりもいそいでお母さんのところに帰りました。お母さんは、いつものようにチョコをむかえてくれました。

チョコは、いきをはずませながら、

「お母さん、ぼく、赤い耳のカメをみたよ。」

と言いました。

お母さんは、

「それは、こわかったね。」

と、ゆっくりうなずきました。

チョコは、

「ぼく、カメをおいはらったんだよ。モツゴの親子をたすけたんだよ。しっぽをいっぱい動かしたんだよ。」

と、こうふんして言いました。

お母さんは、ほほえみながらチョコの話を聞いてくれました。そして、チョコのはんぶんのしっぽをやさしくなでてくれました。

川の上のほうには、まっ白いまん月が、ゆらゆらとゆれていました。

どたばた　ドドド

藤本真理子

わたし、アッピ。一年生になったばっかなの。

ともだちは、さっちゃんとみっちゃん。

さっちゃんの家は、おしろみたいにピカピカなんだって。

「ママは、そうじの天才よ」

いいなぁ。アッピの家は、ぐちゃぐちゃの、ごっちゃごちゃ。

みっちゃんはいつも、アイドルみたいに、おしゃれ。

「まい朝ママが、リボンをむすんでくれるの」

いいな、いいな。まい朝、そんなのいいなー。アッピのかみは、ねぐせでハネハネだもん。

ふたりが、聞いた。

「アッピちゃんのママは、何がとくい？」

「とくいって？？？　しっぱいかな……」

「しっぱい？」

ふたりは、いっしょに聞きかえした。

「うん！　チョー一流《りゅう》のドジママ」

さっちゃんは、アッピの顔にひっつくくらい顔をちかづけてきて、さけんだ。

「すごい！　チョー一流のド・ジ・マ・マ」

うでぐみしたけれど、ほかに思いつかない。

「毎日、どたばた ドドドって……」

「ドジママだって～」

さっちゃんとみっちゃんは声をそろえて、おなかをかかえ、大わらい。


アッピのパパは、遠い町へ単身赴任《たんしんふにん》。だから日ごろは、ママとふたりぐらし。ママは、カメラマン。朝早くから夜おそくまで、とびまわる。家へ帰ると、どたばた　ドドド。ごはんを作りながら、せんたくものに、おふろに、ゴミだし。おわると、もち帰ったしごとのつづき。ソファーの上も、書るいの山。

夜九時のサイレンがなりはじめると、ベットに入ったアッピのよこで、本を読んでくれながら、ママの方が先に、ウトウト　ツツ……。

夏休みの一日目。

今日はピカピカのおしろへ、ごしょうたい。

「うちへあそびに、来ない？」

さっちゃんが、さそってくれたの。ピカピカのおへやで、フッカフカのソファーに、ゴロンゴロするすがたをそうぞうすると、

（うふっ！）

「おじゃましまーす。アッピでーす。」

「くつはそろえて、カバンはかけてね」

「うがいは、したの？　手は、あらった？」

「こぼしちゃだめよ。ちらかしちゃダメ！」

「ソファーで、ゴロンゴロしちゃぁダーメ」

さっちゃんのママの口から、きかんじゅうのように、ダメ出しのいっせいしゃげき。

（これじゃ、オナラしてもおこられそう。きれいなおうちじゃなくても、いいや）

こんどは、みっちゃんからおさそい。

「ママが、アッピちゃんのかみも、おしゃれにあんでくれるって」

（アイドルみたいなアッピって、うふっ！）

「こんにちは！　アッピでーす。」

「まずはシャンプーに、リンスたっぷりね」

「まだまだ、すすぎが足りないわ」

「かわいたら、四つあみを百こあみましょ」

「うごいちゃだめ。きゅっきゅきゅ ぎゅ」

（イータタ、これじゃ、ハゲちゃいそう）

みっちゃんのママのゆびは、アッピのかみにヘビのようにからみつき、ぎゅぎゅぎゅ。


家へ帰って、かがみを見た。

（こんなの、アッピじゃないよ）

かみをほどいていると、どたばた　ドドド。

アッピのママだ。ママは帰ったとたん、いちもくさんにアッピのへやへ。

「た・だ・い・ま！　アッピちゃ～ん。あれ？　そのかみがた、どうしたの？」

アッピは変顔して、ママを見あげた。アッピのママが、ニマってわらった。

「ヤッホー。あした、休みがとれたぞー」

「ヤッターー」

「パーティーしよう、パーティ。アッピのたんじょう日だもん」

「ともだち、よんでいい?」

「もちの、ろんろん。まっかせなさい!」

さっそくママは、クッキーやケーキづくりはじめちゃった。ねむいけど、アッピも手つだうよ。

ゆかのゴミは、マットの下へサササッサ。エプロンに、レースのリボンをホッチキスで止めて、パーティードレスのできあがり。


朝。

きのうのつづきで、どたばた ドドド。クッキーのこげたにおいが、プ~ン。スープがナベからふきこぼれ、かべもテーブルも生クリームがとびちって……。アッピのママは、エンジンぜんかい!

アッピも、ぞうきんもってエンジンぜんかい!テーブルふいて、おさら三まい、コップも三こ、お花もかざって。

どたばたどたばた どたばた　ドドド

「おたんじょうび、おめでとう!」

さっちゃんもみっちゃんもおめかしして、ニコニコ顔でやって来た。

「ぐちゃぐちゃケーキ、おいしいね」

「ちょっぴりこげたクッキーも、おいしいね」

おっとと、ジュースがこぼれても、おこられない。生クリーム、ほっぺについても、だいじょうぶ。ソファーで、ジャンプ・ポップ・ジャンケンポン。まけた人の顔にらくがき、○×△へのへのもへじ。歌っておどって、たべてふざけて、大ばくはつ！おしゃべりいっぱい、おなかもいっぱい。

だいどころをのぞくと、アッピのママは、イスでうたたね。ツッ　ツツツ……。

「ちらかしてもおこらないママ、いいな！」

「かみの毛ほどけても、おこられなーい！」

「アッピちゃんちの子に、なりたいなぁ」

「いいな、いいな、アッピちゃんいいなー」

おかしの空きばこ、まっ黒こげのクッキー、ゴミばこへグシャグビおしこまれ、シンクはよごれたナベやコップの、ガチャガチャ山。

アッピのママは、ヘタッピの天才。いつもしっぱい大さわぎ。

ふたりがかえってから、だいどころのゆかにすわり、そっと、そーっと。ママをおこさないように、そっとママのひざへもたれた。
（へたっぴママ、ダ・イ・ス・キ♡）

アッピのママは、どたばた ドドド
あしたもきっと、どたばた ドドド
百人分の、どたばたどたばた
どたばた　ドドド

おわり

まじょの子リサのドレス

マコービックス　千明

みなさんは朝起きたとき外が真っ白になっているのを見たことがありませんか。まるで真っ白いけむりの中にいるような。大人に聞くと、「ああ、それは霧《きり》だよ」っていうでしょう。でも、いったいどうしてあんなふうになるんでしょうか。だれかが何かしたんでしょうか。だとしたら、いったいだれが。

このおはなしは、そのだれかさんのお話です。

ある山の上にまじょのかぞくが住んでいました。そのかぞくには女の子が一人いました。女の子の名前はリサ。おかあさんはいつもリサに黒いドレスを着せていました。リサはそのドレスが好きではありませんでした。リサは黒ではない色のドレスを着てみたくて仕方ありませんでした。

リサのうちは山おくだったので、まわりにはだれもおともだちがいませんでした。リサはまいにち村に下りていって、ほかの子供たちがあそんでいるのを、木にかくれて見ていました。女の子たちが着ているすてきな色のドレスをじっと見るのがたのしみでした。中でも真っ白いドレスがお気に入りでした。でも、じぶんの黒い服と見くらべて、いつもがっかりするのでした。

ある日、おかあさんに思い切って聞いてみました。

「おかあさん、私、黒い服より、なにかちがう色の服を着てみたいなあ、たとえば、白いドレスとか……。」

おかあさんはびっくりしたようにリサを見ていいました。

「リサ、あなたはまじょなのよ。まじょは黒い服を着ていなくちゃいけないの。白い服ですって。とんでもありません。」

それ以上リサは何もいえませんでした。

しばらくたったある日。その日は雨がふっていたので、リサはうちの中でお気に入りのお人形で遊ぼうと思いました。

「あのお人形どこにしまったっけ。」

リサはあちこちさがしました。

リサはふと天井うらにあるちいさな部屋におかあさんがもう使わなくなったおもちゃを片付けているのを思い出しました。

「おかあさん、あそこに片付けちゃったのかも。」

いつもおかあさんが一人でその天井うらのへやに行くので、リサだけで入ったことはありませんでした。すこしドキドキしましたが、思い切ってはしごを上がって、へやに入るドアをギーっと開けました。そこにはたくさんのはこがおいてありました。そして、へやの片すみにあった、ひとつの古い小さなはこに目がとまりました。

「あれは、なにが入ってるんだろう。なんかすごく古いはこだけど。」

リサはそうっとそのはこを開けてみました。

「あっ！」

リサはその中に入っているものを見てびっくりしました。キラキラひかりをはなっている白い布が入っていたのです。

「これ、なに？」

リサはちょっとこわい気もしたけれど、そうっとその布を持ち上げてみました。

「わあ、ドレスだ……。」

真っ白いドレスでした。リサのむねはドキドキがとまりません。そうっと自分に当ててみました。ちょうど大きさもぴったりです。いったい誰のものなのでしょう。

リサはそれを当てたまま、クルクルとまわってみました。すると、ドレスが広がると、キラキラ光る小さなつぶがとびちりました。まるでまほうのドレスです。

その時、下のへやで、ガタンと音がしました。おかあさんが外から帰ってきたようです。リサはいそいでそのドレスをはこの中にもどし、へやから出ました。

その夜、リサはあのへやで見つけたドレスのことばかり考えていました。

「あれは誰のドレスなんだろう。どうしてうちに白いドレスがあるんだろう。」

リサはなんとかねようとがんばりましたが、どうしてもねることが出来ません。

そしてリサはベッドをぬけ出しました。おかあさんたちはねているようです。リサは天井うらのへやに入っていきました。あのはこはまだそこにあります。はこを開けると、ドレスもまだそこにありました。リサはドキドキしながら、ドレスを着てみました。

「ぴったりだわ！」

うれしくて、リサはクルクルおどり始めました。そして、窓を開けて外にとび出しました。

まじょの子なので空を飛べるリサは、クルクル、クルクル飛び回りました。クルクルと回るたびにドレスが広がり、キラキラと光る小さな、小さな白いつぶがとびちりました。リサはじかんをわすれておどりつづけました。月の光にてらされて、ドレスもキラキラかがやいてみえます。

おどりつかれたころ、リサはいつのまにか東の山が白く明るくなっていることに気づきました。

「大変だ。朝になっちゃう！」

リサは大いそぎでうちへとんでかえりました。そして屋根うらのまどからそっと入ると、ドレスをぬいで、いそいで元のはこにもどしておきました。そして自分のへやへ帰り、ベッドに入りました。


「リサ、リサ、おきなさい。今すぐおきなさい。」

リサは、おかあさんの大きな声で目をさましました。

「ううん、どうしたの」

「リサ、あなた、何をしたの。もしかして、あのへやに入ったの。」

リサはきょとんとしておかあさんを見ました。

「外を見てごらんなさい。」

リサはベッドからでると、カーテンを開けて外を見ました。

「わあ!まっしろ!」

「あなた、あのドレスを見つけたのね。」

リサは、あきらめてすべて話すことにしました。

「ごめんなさい、おかあさん。私どうしても白いドレスが着たかったの。で、たまたまあのへやであのドレスを見つけたの。それでちょっとだけ着てみたくなったの。そしたら、ダンスしたくなって、おもわず外に飛び出して朝までおどってた。ごめんなさい。」

おかあさんはじっとリサの話をきいていましたが、ゆっくりと話し始めました。

「あのドレスはおかあさんのものよ。」

「え！」

「おかあさんもあなたと同じくらいのとき、同じように白いドレスを着てみたかったの。それで、おかあさんのおかあさん、つまりあなたのおばあちゃんになんどもたのんだの。そうしたら、おばあちゃん、おかあさんのためにあのドレスを作って、たんじょうびにプレゼントしてくれたの。」

おかあさんはもうこわいかおをしていませんでした。やさしいかおでリサを見ています。

「あれはね、あなたにプレゼントするつもりだったの。だから、あそこにかくしておいたんだけど、見つけてしまったのね。」

「そうだったの！ごめんなさい。」

「あのドレスからはふしぎな白い小さな小さな光のつぶがでるの。それが光に当たると、キラキラしてとてもきれいなの。あなた、それを知らないで、昨日の夜ずっとおどり続けたのね、だからあんなに外が真っ白になったのよ。」

見ると、朝日にてらされて、空気がキラキラしています。

「きれい！」

「たんじょうびまで待とうと思ったけど、見つかってしまったのなら、しょうがないわね。あのドレスはあなたのものよ。自由にしていいけれど、昨日のようにおどりすぎにはちゅういよ。みんながびっくりするわ。いい？」

「はい！」

そういうなり、リサは天井うらのへやに走っていきました。

そのころ村の子供たちは外に出て、真っ白になったきれいなけしきをながめていました。

天狗《てんぐ》の子

岡　由記子

上空でゴロゴロゴロと雷が鳴っている。その内に、ドカーンという音があたりに響いた。強い風がザザーと天狗山の木々の間を通り抜けた。

天狗山のあるこの地方には、天狗についてのさまざまな伝承《でんしょう》が残っている。

例えば、――

天狗には、カラス天狗もいれば、大天狗もいる。

カラス天狗の子は、カラス天狗になるけれど、大天狗になれるのは、さらわれてきた『人間の男の子』だけである。

大天狗は天狗社会の頭《かしら》である。知恵も勇気も兼ね備えた、りっぱな天狗でなければならない。幼い頃に、人間の社会からさらわれてきた男の子は、カラス天狗たちの世話をうけながら成長し、さまざまな修行をし、天狗としての教養を積み、そして、りっぱな大天狗になる。

カラス天狗の羽は、本物だが、大天狗の羽は、飾り羽である。

男の子を持つ親の中には、男の子が『神隠し』にあわないよう、女の子の着物を着せて育てる親もある。

——などなどである。

・

青空一面に、入道雲がもくもくと広がっている。

天狗山の山裾《やますそ》のだだっ広く、ひなびた八幡宮《はちまんぐう》。その石垣の角で、二人の子どもは出会った。

ぶつかりそうになり、一歩飛びのいて、それから、しげしげとお互いを見つめあった。

一方は、麦藁《むぎわら》帽子をかぶり、リュックを背負った、サンダル履《ば》きの女の子、アヤ。日にやけた顔に、笑えば白い歯が目立つ。

もう一方は、色白の顔に高い鼻、袴姿《はかますがた》に高下駄《たかげた》の男の子、長い髪を後ろで結《ゆ》わえている。目元が涼しい。

お互いに、何か違う『匂い』を感じる。

八幡宮境内《けいだい》で向かい合う二人。

ミーンミーンミーン。

セミの声が大きく聞こえる。

沈黙を破ったのは、女の子のアヤだった。

「あ、あの……、こんにちは」

アヤは思い切って、声を出した。

「おっ、おう」

その子も、くぐもった声で返事をした。

それから二人は、視線をそらし、そのまますれ違おうとした。が、同時に声を上げ、足を止めた。

「あの、それって？」

アヤは、その子の背の羽を指差した。

その子はその子で、アヤの背中を珍《めずら》しげに見ている。

「これって、あの、羽？」

アヤは、半信半疑で聞いた。

「まあ、そうだ」

その子は、小さくうなずいた。

「服も、どう言うか……。かなりね」

その子は、自分の着ている物とアヤの服を、見比べた。

「天狗って、そういう格好をしているらしいけど」

「天狗だけど」

その子は、ためらいもなく、あっさりと認めた。自分を隠すつもりなど、さらさらないようすだ。

「天狗なの？　でも、天狗って赤ら顔じゃ？」

「さあ……」

「ふーん、ここで、何してるの？」

アヤは、恐る恐る聞いた。

「何って、……」

天狗の子はギロッとアヤを見た。

アヤはそんなことはお構いなしに、また、言った。

「何してるの？」

「何って、……修行だ」

天狗の子はぶっきら棒に答えた。

「ふーん、修行中だからか。で、どんな修行？」

アヤはだんだんと、余裕が出てきた。

「ちょっとな。まあ、大天狗になる修行で……」

天狗の子は、興味津々《しんしん》の目をしているアヤを見ながら言った。

「じゃ、修行で人間界を見に来たとか」

「まあ……な」

天狗の子はアヤのペースに巻き込まれまいと、警戒しながら、とつとつと喋《しゃべ》る。

「どこかに行くとこ？　もしかして、何か捜してる？」

「あっ、ああ」

「じゃ、……もしかして、ハウチワとか」

アヤは、慎重にゆっくり小さく言った。

「うっ、あ、ああ、……そうだ」

天狗の子は、まじまじとアヤを見た。

この天狗の子は、今、『この辺りで失われたハウチワを捜しだし持ち帰る』という修行をしていた。ハウチワが手に入れれば、次はハウチワを使う修行へと進む。

「どうして、ハウチワのことを」

天狗の子は、口の中でつぶやいた。

「家に来ない？　実は、おばあちゃんに、『ハウチワを捜してる子がいたら、家に連れてきて』って言われてるのよ」

「本当か」

天狗の子は、疑わしげに聞いた。

「うん、家にあるって」

天狗の子は、目を見開いて、小さくつぶやいた。

「ふーん、お前の家は、どこだ」

「えーとね、ほら、あそこの……と、言っても見えないけどね」

と言いながらも、アヤは家を指差した。

「あの、土塀《どべい》の家か」

天狗の子は、手を望遠鏡のように丸めて見ている。

「えっ、そう、その土塀の家だけど」

アヤは、何でわかるのかなと思った。

「今のって、『天狗の遠眼鏡《とおめがね》』ってもの?」

アヤが尋《たず》ねると、天狗の子は少し誇らしげな顔でうなずいた。

「『家にある』……か。そうだったのか。困っていた、ハウチワが見つからなくて」

天狗の子は、本当に困っているようすだ。

「そうなの？　使ってないと思うよ、もらえば？」

「えっ、いいのか」

天狗の子は急いで言った。

「いいわよ。来る？」

「お、おう」

天狗の子は、ほっとした表情になった。

「名前、なんていうの？」

アヤは聞いた。

「名前？」

「うん、わたしはアヤよ」

「アヤ……。名前は、他のやつに教えてはいけない。言えない」

天狗の子は、アヤを斜《なな》めに見ながら言った。

名前には特別の力があり、本当の名を他人に知られてはならない、と考えられていた時代もあった。この天狗の子のいるところも、そういう風習が残っているのかもしれない。

「わたしは教えたのに？　ハウチワいるんでしょう」

アヤは、まだあきらめない。天狗の子は、しばらく考えてから言った。

「太郎坊《たろうぼう》とでも呼んでくれ」

しぶしぶという感じだ。

「わかった、……太郎坊ね」

アヤは太郎坊を、じろじろと見た。

「その格好で道を歩くのも、どうかな」

と言いながらも、アヤと太郎坊は、昼下がりのじりじりとした日差しの中を、アヤの家に向かって歩いた。

天狗の子の高下駄が、カランコロンと辺りに響いた。何軒か家が続き、畑となり、また家があった。

アヤの家に着くまでに、二人は誰にも会うことはなかった。が、どこかで飼い犬が、猛烈に吠《ほ》えている。

アヤの家は、ぐるりを土塀で囲まれた古い家だ。土塀には、上に瓦《かわら》が乗っている。古いので、土がはげ落ちているところもある。

二人は、小さな屋根の付いた、引き戸の門の前に立った。土塀の中に、家も畑も庭もある造りになっている。格子戸《こうしど》の門は、半分開いていた。土塀の脇の畑で、腰の曲がったおばあさんが鍬《くわ》を使っている。梅さんだ。アヤは事情があり、梅さんと二人で暮らしている。

梅さんは、格子戸の外にいる二人を、はっとしたように見た。

太郎坊は、天狗が『人』の家に入るというのに、平気なようすで門の敷居《しきい》をまたいだ。

アヤと天狗の子は、鍬を下ろして立っている梅さんの前に行った。

「おばあちゃん、この子、太郎坊って、言うんだって。ハウチワを捜してるって」

梅さんは太郎坊を見ても、驚いた風ではなかった。

「太郎坊かね、天狗の子……。そうかね」

梅さんはアヤの方を見て言った。

「アヤ、井戸のところに、冷やしたスイカがあるから持ってきておくれ」

それから太郎坊の方に向いた。

「スイカは好きかい？」

「あっ、ああ……」

太郎坊はごくりと唾《つば》を飲み込んだ。

ヤツデの木の前に、井戸がある。井戸脇の敷石《しきいし》の上に、たらいが置かれ、たらいの中に冷たい井戸水が張られていて、スイカ、トマト、キュウリ、キンウリといろんなものが浮いている。

アヤは縁側《えんがわ》にまな板と包丁を持ち出して、井戸水で冷たくなったスイカを、ざっくりと切った。アヤがスイカを差し出すと、太郎坊は、すっと両手で受け取った。

太郎坊はガツガツと食べ、種《たね》を出さない。

太郎坊がおいしそうに食べているのを、梅さんはじっと見ていた。

「太郎坊はお腹がへっているみたいだね～。ふかし芋《いも》も食べるかい？」

太郎坊は、また、ごくりと唾《つば》を飲み込んだ。

太郎坊は、ふかし芋をぱくぱくと平らげた。

食べている顔に、あどけなさが残っている。

アヤは、太郎坊を見ている梅さんの目が、赤くなっているような気がした。

「ちょっと、手を見せとくれ？　天狗の手とやらを」

太郎坊は、空いている方の手を、差し出した。梅さんは、その手を、裏返したり表にしたりして見た。

「この傷は、どうしたんだい？」

「ああ、高い木から別の木に移る時できた。枝に引っかかって……。でも、こっちの方がすごい」

太郎坊は、汚れた袴《はかま》をたくし上げて、足にある大きな傷を自慢げに見せた。

「これは修行中、崖《がけ》をすべり降りた時、岩にぶつけてできた。薬草を付けてもなかなか治らなかった」

「修行……、たいへんなんだね」

梅さんは、その傷に手を当てて、太郎坊の目をじっと見た。

太郎坊は、驚いたように少し体を引いた。

それから、ちらっと梅さんを見ると、横を向いて、ちょっと頭をひねって、何か考えている様子になった。何かを、思い出そうとしているようでもあった。

それから、太郎坊は畑の横にある、ヤマモモの大木を見上げた。ヤマモモの木は大きく枝を広げて赤い実をつけている。風が吹けば、その葉はさわさわと心地よい音をたてた。太郎坊は、しばらくその木を見上げていた。が、見る間にその木に駆け上がり、慣れた手つきでヤマモモの実を両手一杯もいで、また、ひらりと地面に降りてきた。そして、ホイというように、両手をアヤに突き出した。

「ありがとう。でも、ヤマモモの実、わたし、あんまり好きじゃないから」

アヤは、ヤマモモの松ヤニのような匂いが、どうも好きになれなかった。

でも、太郎坊はおいしそうに食べている。

「おいしいのかい?」

梅さんが太郎坊に聞いた。

「ああ、この味だ、うまい!」

それを聞いて、梅さんは悲しげな顔をした。

「おばあちゃん、どうしたの」

アヤは梅さんに尋《たず》ねた。

「ほんとに、どうしたの」

アヤがまた聞いた。

「何だか……思い出してね。昔のことを」

「ふーん、おばあちゃんの昔のことって、何？」

「そうだね、……アヤには話したことがなかったね。さとるのこと。『神隠し』にあった、息子のことだよ」

梅さんは、太郎坊の顔を見ないようにして言った。

「えっ、息子って、お父さんのこと？」

「いいや、もう一人いたんだよ、息子が……。アヤのお父さんの弟。あの時、五歳《さい》だった」

梅さんは、遠くに見える山をぼんやり見ている。

「えっ？　そう……」

「今、その子のことを思ってね」

アヤはふと、太郎坊を見た。

「太郎坊のお父さん、お母さんは？」

アヤは、それとなく聞いた。

「天狗には、そういう者はいない。大天狗様がいるだけだ」

「へー、そうなの……。だいぶ、違うんだね。私のお父さんとお母さんは、ここにはいないけど、でも、いるよ」

太郎坊は、なんだかそわそわし始めた。

「ハウチワは、どこに？」

太郎坊が聞いた。

アヤは、急に疑問が湧《わ》いてきた。

「ねぇ、おばあちゃん。どうして、ハウチワが家にあるの？」

アヤも太郎坊も、梅さんを見た。

梅さんは、ちょっと考えこんだ。言おうかどうしようかという顔で、太郎坊を見た。太郎坊は、まっすぐな目で梅さんを見ている。

ヤマモモの葉が、風で揺れた。

「……落ちてたんだよ」

梅さんは、思い切ったように話し始めた。

「えっ？」

「あの日、さとるはお兄ちゃんたちと遊んでいた。わたしは、用事をしていたけれど、さとるの声の聞こえる所にいたから、姿は見えなくとも、心配はしていなかった」

「うん」

アヤも太郎坊も、前かがみになって聞いている。

「そうしたら、急に、さとるの『行きたいよう、ぼくも、行きたいよう』という大きな泣き声が聞こえてきて……、何度も『行きたいよう、行きたいよう』と叫んでた。〈ハハン、お兄ちゃんたちに置いて行かれたのねっ〉と思っていると、急に泣き声が止んで……」

梅さんの目が、うるんできている。

アヤは、縁側の板に目を落とした。

「それで、大急ぎで行ってみると、あの子はいなくなっていて、そこに、見たことのないウチワが落ちていたんだよ」

太郎坊の目が、どうも落ち着かない。

「捜しに捜したけれど、さとるはどこにもいなくって……。村中総出で捜してくれたけれど、結局、『神隠しだ』ということになった」

最後は息の抜けたように言った。

梅さんの目から、涙がこぼれそうになっている。

「そうだったの」

アヤは初めて聞く話に、頭の先っぽがジンジンしてくるような気がした。

つまり、「行きたい」と泣いているさとるの声をどこかで天狗が聞いていて、連れて行ってしまったのではないか、というのである。

「ウチワは、いつか、誰かが、取りにくる、そんな気がして……。だから、蔵の中に、しまってある」

梅さんはそう言って、蔵の方を見た。

太郎坊も、梅さんの視線をたどって蔵の方を見た。蔵は、家の奥の方に建っている。

アヤは太郎坊を見た。

「太郎坊は、ハウチワを捜していると言ってたよね？」

「ああ、ハウチワがいる。使えるようにならないと……修行にならない」

太郎坊は、そうはっきりと言った。

「そうかい。でも、まだ、来たばかりだし、ゆっくりしていけば、いいんじゃないかい」

梅さんは、太郎坊を包みこむように見た。まだ他に食べさせるものはなかったかなと、頭の中で考えた。

「あの……、ちょっと、その、ハウチワを、見たい」

太郎坊が、蔵の方を見ながら、おずおずと言った。

「そうかね」

梅さんは、それだけしか言わない。

「見に行っても？」

太郎坊は重ねて言った。

「そうだね、……じゃ、ちょっと、見に行ってごらん」

梅さんは、気持ちを切り替えるように、蔵を指差した。

太郎坊は大股で、蔵に向かって歩いた。アヤも後を追った。

二人は蔵の扉をギギギーと開けて、中に足を踏み入れた。蔵の中はひんやりとしていて、棚《たな》の上には薄茶色になった木の箱が、たくさん並んでいる。二人はどこを捜そうかとキョロキョロして、端から順番に箱の文字を読んでいった。

「孔雀《くじゃく》の大皿」

「九谷焼《くたにやき》の徳利《とっくり》」

二人はしばらく捜した。が、なかなか見つからない。アヤは蔵の中で、太郎坊の独特の匂いに気がついた。アヤは太郎坊の方を向いた。その時、蔵の外に、梅さんの足音が聞こえた。

「おばあちゃん、どれか、わからない」

「そうかい」

梅さんはそれだけしか言わない。

「ねぇ、おばあちゃん、どこ？」

梅さんは、しばらく思案していたようだが、やっと、口を開いた。

「左の棚の、上の方だよ」

アヤは言われた方に行った。

「そう、その横の油紙《あぶらがみ》の包みだよ」

梅さんの声は、弱々しい。

アヤは、言われた包みを棚から降ろした。

飴色《あめいろ》になった油紙を、ガサガサ鳴らしながら開いてみた。中にウチワのようなものがあった。何十年か経っているはずだが、みずみずしい緑色をしている。

「これ？」

アヤは、太郎坊を見た。太郎坊は、ウチワを見るとハーハーと息が荒くなった。

太郎坊は、大きく目を見開いている。

「それかい？　探しものは」

梅さんはそう言いながら、太郎坊をじっと見た。

太郎坊は何も答えなかった。が、太郎坊の目に、一瞬怪しい光がともり、それから、すぐにそれは消えた。

梅さんは、目を伏せてため息をついた。梅さんは、今、太郎坊の中に『天狗』を見たと思ったのだ。

太郎坊はハウチワにそっと触れ、大事そうに包み直した。そして、包みを脇に抱えて蔵から出た。

強い夏の日差しを受けて、太郎坊の顔には陰影《いんえい》ができ、表情を少し険しく見せていた。

アヤは、太郎坊ともう少し話がしたかった。

「何か、飲まない?」

アヤは家の方を指差した。

「いや、もういい。ここにあった。カラス天狗よしべえの、ハウチワだ」

太郎坊は、独り言のように言った。

太郎坊は梅さんの方に向いて、眉《まゆ》を少し寄せて、何か言いたげな様子をした。梅さんは梅さんで、こみ上げてくるものを抑えているのか、口をへの字に結んでいる。梅さんが何か言おうと口を開いた時、太郎坊は、思い直したように深く一礼した。そして、くるりと後ろを向いた。

「太郎坊! 行っちゃうの?」

アヤの声が聞こえなかったのか、太郎坊は何も答えないまま、門を出て少しの間歩き、それから、高下駄を鳴らして道を走った。と思うと、その姿は見る間に小さくなり、見えなくなった。

「太郎坊～。行っちゃった」

アヤは、太郎坊の消えた方を見て言った。

梅さんは顔をくちゃくちゃにして、何も言わず、アヤと同じ方角を見ている。

吹いてくる微《かす》かな風に、梅さんの白い髪がゆれている。

「さっきの話……、神隠しの話……ね」

アヤは梅さんに話しかけた。

梅さんは、それに答えず、太郎坊の行った方角から目を離さない。

梅さんの胸が大きく上下している。

太郎坊の高下駄の音が、まだ辺りに残っている。

「おばあちゃん、あれ、天狗のハウチワだったんだね」

梅さんは、答えないで、遠くを見ている。

「太郎坊って、もしかして」

アヤは、黙ってはいられない。

梅さんは、大きくため息をついた。

「そう、さとるだよ、あの子は。門の前に立った時、すぐにわかった。背も伸びて、大きくなっていた。十歳くらいに見えたけど……。手の甲にも、ひじの内側にも、ちゃんとホクロがあった。あの頃と同じように、家のヤマモモを、おいしそうに食べて……」

梅さんは、目をうるませながら言った。

「でも、神隠しは、ずっと前って話なのに、今、十歳っておかしくない？」

「あぁ、……それはそうだけど、時間の流れはおかしいけれど、でも、やはり、あの子は、……やはり、さとる」

梅さんの声が小さくなった。

「お父さんの弟で……」

そう言った瞬間アヤは、子どもの頃の話になった時、父がふと見せる辛そうな表情を思い出した。あの表情は、このことと関係しているのかもしれない。

「結局、わたしの前に現れたのに、……。それを、ずっと待っていたのに、……取り戻せなかった。しかも、あの子は天狗になろうとしている」

梅さんの目から、涙がつーと流れた。

アヤは梅さんの手を、ギュと握った。

「もっと、もっと、いろんなことを話したら、……よかった。小さい頃の記憶を、呼び戻せたら……」

梅さんは、肩を落としてつぶやいた。

「そうしたら、……わたしのさとるに戻ったかもしれないのに」

アヤは、そんな梅さんを見るのは、初めてだった。アヤにとっての梅さんは、いつもしゃんとしていて、頼りがいのある『大好きなおばあちゃん』だった。

アヤは、急に泣きたくなった。

「おばあちゃ～ん」

泣きながら、アヤは梅さんにしがみついた。

梅さんは、はっとしたように、アヤを抱きしめた。

「アヤ！　アヤ！　何もアヤが泣かなくても」

梅さんは、アヤの背中をさすった。

そして、梅さんもこらえきれずに、はらはらと涙をこぼした。梅さんの顔の、刻まれたしわの上を、涙は流れ落ちていった。

近くでジジージーというせみの激しい声がした。

夏の日差しが、梅さんの白い髪にも、ゴワゴワとしたその手にも、アヤの柔らかな頬《ほお》にも、照り付けている。

しばらく泣いていた梅さんだった。

だが、泣いてばかりはいられない。梅さんは何かを吹っ切ろうとするように、首を振った。

「可愛いアヤがいるというのにね！」

そう言うと、もう一度アヤをしっかり抱きしめた。そして、太郎坊の消えた方を眺めた。

梅さんは息を胸一杯に吸い込んで、大声で叫んだ。

「また、来るんだよ～。おいしいものがあるから～、太郎～坊～、さとる～」

アヤも横で叫んだ。

「太郎坊～」

その声が聞こえたかのように、天狗山の方から強い風がぴゅーんと吹き、それから、ぴたっと止んだ。

その風は、太郎坊の、言葉にはならない返事だったのかもしれない。

小中学生の部

海ポストと人魚のあおちゃん

尾関心慧（岡山市立高島小学校3年）

今年も夏休みがはじまりました。小学三年生のゆいは友だちのあいちゃんに手紙を書きました。お気にいりの水色のレターセットに「あいちゃんへ。元気ですか。私はとても元気です。夏休みはいっぱいいいっしょにあそびましょう。こんどお家に行かせてください。ゆいより。」と書きました。

ポストは海の近くにありました。あつくてまぶしい道をいっぱい汗をかいて歩き、もう少しでポストに着くという時、海からとても強い風がビューッと吹きました。その風は水色のふうとうを海の中につれて行ってしまいました。ゆいは、

「せっかく書いたのに。つかれたし、また明日書きなおそう。」

と言ってしょんぼり家に帰りました。

海の中には、海ポストという海の生き物せん用のポストがありました。そのポストはまだらの赤茶色の岩でできていて、口の大きさは、大人が五人入れるくらいです。そしてまわりには、きれいな赤やピンクのサンゴやイソギンチャクが生えていて、頭のてっぺんにはかみの毛みたいにわかめ

が生えています。ゆいの手紙がどうなったかというと風にふかれて海におちた後、波にもまれてぐうぜん海ポストの口に入っていました。海ポストは口をもぐもぐして中をかくにんしました。

「ふむふむ。あい？この海にあいという子はいないなぁ。ああ、わかったぞ。あおちゃんのまちがいだな。」

と、つぶやいて、あおちゃんという人魚に手紙を送りました。

人魚のあおちゃんはまだ小さな子どもの人魚です。おしりから下には、海をそのままうつしたようなとてもきれいな青いうろこがあるから「あおちゃん」という名前になりました。この海に同じくらいの子どもの人魚はいません。だからいつも一人であそんでいます。今日も一人で海の底の白い砂に貝がらでおえかきをしてあそんでいると、手の中が泡だって水色のふうとうが現れました。海ポストが転送した手紙です。開けると「あそびましょう。」と書いてあります。あおちゃんはこんな手紙をもらったのは生まれてはじめてです。あおちゃんはうれしくて海ポストの所に急いで泳いで行き口の中に入り、ゆいの家に送ってもらいました。

ゆいがおふろに入っているときゅうにお湯がボコッボコッと泡立ち、ピカッとエメラルドグリーンにかがやきました。そして、泡の中からゆいと同い年ぐらいのかわいい人魚の女の子が現れました。ゆいはびっくりしてかたまってしまいました。

「お手紙どうもありがとう。広くて楽しい海に行ってあそぼう。私のうちにも来て。」

ゆいはそこでお昼に風にとばされた手紙を思い出しました。

「あれは人魚さんに出したんじゃないんだよ。それは友だちのあいちゃんに出そうと思った手紙なんだ。」

すると人魚はとてもしょんぼりしてかなしそうな声で言いました。

「そっか、ごめんなさい。わたし海に帰ります。」

ゆいは、なんだか、かわいそうになり言いました。

「いいよ、いっしょにあそぼ。」

そうしたら人魚の女の子はまた笑顔になって、

「ありがとう。わたしの名前はあお。よろしくね。お湯がエメラルドグリーンにかがやいている間にもぐってみて。私のすんでいる海に行けるよ。」

と教えてくれました。ゆいは少しこわかったけれどゆう気を出してもぐってみました。強くつむったまぶたはお日さまを見たように明るくてじーんとしました。

「ついたよ。」

と、あおちゃんが言ったのでゆいが、おそるおそる目を開けるとそこは家族で行った水族館よりもずっときれいですてきな所でした。何よりガラスで区切られていません。見わたすかぎりすきとおった海です。

「わぁ。とってもきれい！」

とさけんでからゆいは水の中でもふつうに息をしている事に気がつきました。足を見てみると、ゆいが一番好きなピンク色のうろことうすピンクですきとおったひれにかわっていました。あおちゃんが、

「さいしょに私のすんでいるお家に来る？」

と、言ったので行ってみるとそこは海底いせきでした。灰色の石をつみ上げてつくられた古い宮でんのようでした。何もはまってないまどはカーテンみたいに色んな大きさや色の魚が通りすぎて行きます。あおちゃんとゆいは、家のまわりに生えているわかめをとって来てこしのまわりにつけてドレスにしておひめさまごっこをしました。その後あおちゃんに、自分のお母さんに教えてもらったゆびあみをこんぶをつかって教えてあげました。あおちゃんは、地上の様子が見えるかがみを見せてくれました。銀色の魚の形できれいな貝がらやしんじゅがついています。あおちゃんが、

「海の中にも水族館があるんだよ。」

と教えてくれました。

どうくつでできた海の水族館は真っ暗でした。中に入ると水も少しつめたくてゆいはこわくなってみぶるいをしました。でもあおちゃんは、スイスイ先に行ってしまったので、ゆいは急いでおいかけました。あおちゃんが、

「やっぱ何回見てもきれい。」

と、ためいきまじりに言ったので見てみると、暗い水の中にたくさんの青白く光るくらげがいました。下にはピンクや赤や黄色に光るサンゴがありました。下が黄色で上が黄みどりのものが一番きれいでした。ゆいは、ここが、真っ暗などうくつである事を忘れました。目の下やヒレやほねが青、ピンクや黄色のけい光色に光っている魚もいました。いろいろ見ているうちにさいごの所に来ました。そこには、岩に貝でできたぼうがつき出していました。近くに行ってみると、「このぼうをのぞいてみてください。」とプレートに書いてありました。ゆいはおそるおそるのぞくと岩の中には、8メートル位ありそうな大きなサメがいました。岩の中の光るサンゴにてらされてサメの歯がギラッと光りました。ゆいはこわくてあおちゃんにくっつきました。サメは、その後岩の中で大あばれしました。水族館のけい光色の魚やくらげたちはこわがってすみにかくれました。人魚たちもこわくて近づけませんでした。サメは岩をこわそうとしているようでした。でも岩はがんじょう

だったのでこわれませんでした。サメは、ひれをけがしてしまいました。ゆいはサメがかわいそうになって話を聞いてあげました。サメは悲しそうに言いました。

「ぼくまいごになってここにつれてこられたんだ。お家に帰りたくなってあばれたんだ。」

と言いました。ゆいはけがしたサメを安全にはこぶためにあおちゃんとこんぶをつかいゆびあみで大きなあみを作りました。そこにサメを入れてはこびました。海ポストにゆいは、

「このサメさんまいごになったんだって。ふるさとにどうしても帰りたいんだって。」

とつたえました。海ポストはサメがかわいそうになりできるだけ口を大きくあけてサメをいれてくれました。

「それじゃあおくるよ。」

海ポストはもごもご言いました。サメのふるさとは岩山海という岩がたくさんある海です。

「さようなら！ありがとう。ぼくはとてもうれしいよ。」

と言ってサメは消えました。

ゆいはあおちゃんに、

「ゆいちゃんのおかげだね。このまま人魚でいてここでくらそうよ。」

と言われました。ゆいは海の世界がとても青くてぜんぶきれいで楽しい事ばかりなのでそれもいいなぁ、と思いました。あおちゃんに、

「地上の世界をさいごに見たいな。」

と言いました。地上の世界を見る事ができるかがみを見せてもらいました。するとお母さんがねつをだしてねていました。それを見たゆいは、あわてて海ポストにたのみました。

「おねがい。地上の世界に送り帰して。」

でも海ポストは、ゆいの事をとてもいい子と思っていていっしょにいたかったので、

「こうかいしないのか。人魚にもうもどれないんだぞ。それでもいいのか。」

と何回も聞いてきました。でもゆいがどうしてもというので、

「わかった。送りゃいいんだろ。」

といってしぶしぶ送り帰してくれました。ゆいとあおちゃんは何も言わず悲しそうに手をふり合いました。

気がついたらお母さんのベットの横でうつぶせてねていました。お母さんは、

「調子が悪かったんだけどねていたらまどからつめたい海風が来てねつがさがったみたい。」

と言いました。ゆいは、きっとあおちゃんの恩がえしだな、と思い、

「あおちゃんありがとう。はなれていても友だちだよ。」

とつぶやきました。

おわり

黒沢山のこん虫さい集

小野敦之（岡山市立陵南小学校４年）

七月三十日　九時

ゆうたは、リュックサックにおべんとうと、虫かごとおやつを入れ、あみと水とうをかたにかけて、集合場所の山野薬局に向かった。

夏休み前に、あつしとさとるの三人で黒沢山に登り、こん虫さい集をしようと約束したのだ。

黒沢山のふもとには植物園があって、春の遠足で植物園に行ったときに、係の人が、

「この山にはクヌギやコナラの林があって、カブトムシがたくさんいるよ。」

と教えてくれたのだ。

九時きっかりに山野薬局に着くと、二人はもう来ていて、

「おせぇぞ。」

と、言われた。

夏休みの宿題のことなんかわいわいしゃべりながら歩いて、十時前に植物園に着いた。

植物園の手前に遊歩道入口があって、そこを登っていった。登っていくと中で、クヌギやコナラの木を見つけたら、近よってみきに虫がいるか調べてみた。でも、いるのはたいていセミやコガネムシばかりで、カブトムシはいなかった。

七合目の展望台についたとき、あつしが、

「おなかすいたぁ。」

と言ったので、ここでおべんとうを食べることにした。

食べながら、好きな女の子の話をした。あつしが好きなのは、えりかさん。スポーツができて、明るい。

さとるが好きなのは、リエさん。顔がかわいくて、勉強がよくできる。

「ゆうたは?だれにもいわんけぇ今日ぐらい教えてや。」

さとるとあつしにかわりばんこに聞かれたけれど、ゆうたは今日も、

「おれはおらんけぇ。」

と、言いのがれた。

ゆうたにも気になる女の子がいる。みさとさんは、物静かで、授業でもほとんど手をあげない。でも、先生にあてられたらちゃんと答える。その答えが、いつもゆうたの考えと似ている。給食の班が一しょだったとき何回かしゃべったことがあるけれど、虫の事にもくわしくて、意外だった。

みさとさんのことをどこが好きか聞かれたら、ゆうたにはうまく答えられない気がする。

さとるとあつしが、それ以上しつこく聞かなかったので、好きな女の子の話はそれで終わりになった。

おべんとうを食べ終わって、水とうのお茶を飲んで、トイレにいったら、こん虫さい集の続きだ。

七合目からは道が三つに分かれる。

とつぜんあつしが、

「なぁだれが一番大きいカブトムシをとるか競争しようやぁ。」

と言った。さとるも、

「おもしれぇなぁ。」

とさんせいした。

三つに分かれた道は頂上で一しょになる。

三人で三つの道を別々に進んで、一番大きいカブトムシをとった人が勝ち。

「よーい、どん。」

あつしとさとるは、それぞれ向かって左がわの道と真ん中の道を走っていってしまった。

ゆうたはしかたなく、右がわの道を登りはじめた。本当は、一人で山道を登るのはこわい。それに、ゆうたの行く右がわの道は、木が少なくて、カブトムシがいるかどうか分からない。

いやな気分をふきとばそうとして、ゆうたは小声で歌を歌った。学校ではやっている「アンパンマン」のかえ歌で、歌詞が下品なやつだ。

三回目に歌い終った時、ゆうたは気がついた。なんかちがうにおいだ。においがする。

進むにつれてにおいはだんだん強くなる。

しめっぽくて、重たくて、甘いにおい。

ゆうたは、つられるようににおいのする方へ進んでいった。


いままでまばらに見えた木が、とつぜん数が多くなり、まるで並んでゆうたをむかえてくれるようにかこんでいる。

どの木からもじゅ液がたれていて、見たこともないほどたくさんの虫がいた。飛んでいる虫もいるし、木に止まってじゅ液をなめている虫もいる。

カブトムシもいる。たくさんいる。

ゆうたはしばらくぼう然と立ちすくんでいた。

「ここは虫の国だ。」

ゆうたはそう思った。

虫たちの羽の音が合そうのように聞こえる。そしてあのしめっぽく甘いにおい。

いろんな虫にみとれて、どのくらいぼう然としていたのかわからない。

「そうだ、こん虫さい集だ。」

ゆうたは思い出した。

そのとき　一ぴきのカブトムシが飛んできて、ゆうたのうでに止まった。

そこで見たカブトムシの中で一番小さい虫だった。ゆうたはそれを申しわけなく思いながら、虫かごに入れた。そして、虫の王国へ一回、深ぶかとおじぎをして、遊歩道へ向った。

頂上では、あつしとさとるがもう先についていた。

二人とも一ぴきずつカブトムシをとっていた。さとるの方が少し大きい。

「ゆうたのカブトムシ、見せてや。」

さとるが言った。

ゆうたは虫かごを見せた。

二人が声をそろえて、

「うわっでかぁ。」

と言った。

ゆうたもびっくりした。

虫の王国では一番小さかったカブトムシがこの中ではとっても大きくなっている。

「ゆうた、どしたん。それどこで見つけたん。」

さとるが言った。

「帰りに行ってみようやぁ。」

あつしも言った。


帰りがけの道では、行きとかんじがちがって、虫の王国にはたどりつけなかった。

虫の王国の事は二人には話せなかった。

説明してもうまく話せない気がしたし、あそこで虫をとってはいけない気がしたからだ。


その夏休みに二回、次の夏休みも黒沢山に登って虫の王国をさがしたが、たどりつけなかった。

つかまえたカブトムシは、二回目に黒沢山に登ったときに放してやった。

うまく虫の王国へたどりつけるといいな。

あれはゆめだったのだろうか。
いや、ゆめじゃない。
今でも目をつぶれば、羽音やにおいまで、はっきりと思い出す。
虫の王国。

ウソ

大谷　紗恵子（岡山県立岡山操山中学校２年）

ボクが最初に出会ったのは、瞳の大きな女の子だった。

女の子はボクを箱から取り出すと、

「わあっ、かわいい！ママ、ありがとう。」と言ってボクを抱きしめた。「一生、大切にするね。」

「ああ、せっかくママが作ってくれたんだからな。それから、お勉強もきちんとするんだぞ、真琴。」

真琴と呼ばれた女の子は、こくんと頷《うなず》くのに合わせて、ボクの腕を「はーい！」と振り上げた。

ボクはおもちゃのピエロ。ボクを作った人―つまりボクのお母さんは、町の伝統的な人形をつくる職人さんらしい。そこで、余った布で作られたのがボクなのだ。

「ホントはクマさんを作ってあげたかったんだけど。」

と、お母さんは言った。

「それだと、茶色い布が足りなくて。でも、ピエロさんもかわいいでしょう?」

「うんっ!」

ボクはその会話を聞いたとき、しょせんはクマさんの身代わり、と言われたようで少し悲しかった。けど、女の子は喜んでいた。

「ねぇ、ママ、またお人形さんいっぱい作ってね!」

「はいはい。」

お母さんが女の子の頭を優しくぽんぽん、となでると、女の子は引き出しからウサギさんの人形を取り出して、さっそくおままごとを始めた。

無邪気に遊ぶ女の子を、お母さんはあたたかく見守っていた。そうして、それが続くと思っていた。


—遠くで、救急車の騒音が聞こえる。

—遠くで、女の子の悲鳴が聞こえる。

お母さんが事故にあったのは、女の子が小学四年生のときだった。

女の子はまだまだ甘えん坊で、増えた人形たちで毎日遊んでいた。

友達にバカにされても、むしろそれがなぜダメなのか、純粋に聞き返すほどだった。

それなのに。

お母さんがいなくなってから、女の子は変わってしまった。

髪の毛を短くした。

伊達メガネをするようになった。

ボクたちで遊ばなくなった。

あまり、――笑わなくなった。

まるで一つの世界が閉ざされてしまったように、女の子は暗くなってしまった。

ボクはほかの人形たちと一緒に透明な箱に入れられて、毎日を過ごした。

そのまま、数年が過ぎた。

やがて女の子は中学生になり、合格した私立中学校へと通い始めた。

一気に内気な性格になってしまった女の子は、家でもあまりしゃべらなくなっていた。

ある日のことだった。女の子がボク達の入っている箱に近づいて、ボク達全員を取り出した。

ボクは、(もしかして、もう一度使ってくれるのかな?)と期待に胸を躍らせた。

しかし、女の子は。

ボクらを抱え上げると、用意していた黄色い袋に放り投げ、袋の口をぎゅっと縛《しば》った。

袋の表面には、「有料ゴミ袋」と書かれている。

捨てられた——捨てられたんだ。

ボクはもう、必要とされていないんだ。

ふと、あの日のことが蘇《よみがえ》る。

『一生、大切にするね。』

あの言葉は、ウソ、だったんだ。

そのときの女の子の声が、頭の中で響く。

布で作られたボクは、泣くことなんか出来やしない。

ただひたすら、心の中のからっぽを感じていた。

女の子が袋を持ってお父さんのところへ行くと、お父さんは激怒した。

「お前、いくら中学生になったからって。捨てるのか?お母さんの、形見を。」

「……だって、もう使わないじゃない。こんなものあったって、邪魔なだけでしょ。」

女の子の声は、震えていた。

「これは…、もう、必要ないの。」

「何言ってんだ、真琴!お母さんがどれだけ頑張ってそれだけの人形作ったか、知ってるのか!毎晩、真琴のためだから、って言って徹夜して。お前の喜ぶ顔を見るのが——。」

「うるさい!とにかく捨てるの!もう放っておいて!」

女の子は袋を床に叩きつけて、自分の部屋へと消えていった。お父さんはもう一度「真琴！」と叫んだけれど、返事はなかった。

取り残されたボクは、ぼんやり考える。

どうして、人間はウソをつくんだろう。

ボク達人形は、しゃべることはできない。まれに機械音声を持っているやつもいるけれど、基本的には子供の遊び道具として生み出されたものだからだ。

女の子は人形を、ボク達を一生大事にすると言ったはずなのに、なんで。

すると、ボクのすぐ後ろに逆さまに突っ込まれていた、機械音声付きのロボ君が僕に話しかけた。

［ドウシテナノカナ…。］

ボクは体の向きを変え、ロボ君の話を聞く体勢になる。ロボ君がボクを見る。

［オレガ作ラレタトキ、女ノ子、オレノコト大切ニスル、ッテ言ッタ。ナノニ、ドウシテナノカナ。］

ボクはロボ君の手をぽんぽんと二回叩くことで、［ボクもだよ。］と伝える。ボクの斜め前にいたローラちゃんとペラちゃんも、こくこくと頷いた。

ここにいる人形たちは、皆、ボクと同じ気持ちなんだ。
女の子への憎しみじゃない。心の中で風が通り抜けるような、空虚。
［オレニ、イイ考エガアル。］
ロボ君が、いきなりそう言った。
［ココニイル皆、女ノ子ノコト、好キ。女ノ子ノトコロ、行ッテミヨウ。］
ボクらは満場一致で、歩くことのできるローラちゃん（足がローラーになっている）を先頭に、こっそり袋を脱出して、女の子の部屋へと向かうことにした。

プロペラのペラちゃんが浮き上がり、ドアノブを押して少しだけ隙間をつくる。女の子は椅子に座って、向こうを向いていた。

［全員ハ入レナイ。二人ダケ、行コウ。］

まずはローラちゃんが手をあげる。歩けるというのは先決だ。

そして。

ボクも、自然と手をあげる。

ボクはピエロ。

女の子を笑顔にするために、ここにいるんだ。

ロボ君は、［ヨシ。分カッタ。］とだけ言って、ローラちゃんに行くように促した。ローラちゃんは僕の後ろに回って、背後から押すような感じで二人で部屋に入った。

音を立てないように気を付けながら、女の子に近づく。

すると、女の子の方から、ずず、という音がした。ローラちゃんが止まる。

ずっ、ずず、と音は続く。

女の子は、泣いていたんだ。

ローラちゃんは器用にボクを地面へ座らせると、自分は棚のかげに隠れた。ボクはするべきことを理解して、女の子を見上げる。後ろから、ロボ君の声がする。

［ドウシテ、泣イテイルノ？］

女の子ははっとして、辺りを見回す。目に入るのは、見上げているボク。

［ドウシテ、泣イテイルノ？］

もう一度、同じ質問をする。

女の子は驚いたようにボクを見つめていたけれど、可笑しそうに「お父さんったら…。」と言って目を細めると、ボクを抱き上げた。

「戻ってきたの？私は、あなたたちを捨てたのに。」

お芝居でもするような口調で、女の子は強がった。

「泣いてない。泣いてないよ。だって、なんにも悲しくないもの、今は。」

［オ母サンノコト、思イ出シテタノ？］

女の子が言葉に詰まる。ロボ君はローラちゃんと合図しながら、続ける。

［ドウシテ、泣イテイタノ？］

女の子は顔を伏せると、言った。

「お母さんの笑顔、忘れたくて。」

女の子が、ボクを強く抱きしめる。

「もう、分かってる。このままじゃダメってことぐらい。前の、陽気に笑ってた自分に戻りたいんだ。何か、きっかけが欲しかったんだ…。」

女の子の瞳から、大粒の雨が降り出す。ボクはたちまちずぶ濡れになって、それでも女の子を見続けた。

女の子がボクを見た。ボクも女の子を見ていた。女の子はきゅっと唇を結んで、「ありがとう。」と無理矢理笑った。

それから、女の子は明るくなった。ボク達も捨てられることはなく、幼いころのように女の子の部屋で女の子と一緒に遊んだ。

一件落着なのかは、分からないけど。
あの日の言葉は、ウソなんかじゃなかったんだ。
ボクは嬉しくなって、今日も女の子の笑顔を見上げる。

終

時計

此内慧士（岡山県立岡山大安寺中等教育学校3年）

オレは時計だ。リビングのテレビの後ろの壁に掛けられている。振り子もないし、鳩も出ない。大きくもないし、そんなに古くもない。派手さはないがその分誰からも好かれる奴だってことだ。黙って毎日コツコツ働いている。

朝五時半。台所の炊飯器からメロディーが聞こえる。

その頃母親が二階から降りてきて弁当を作り始める。

六時半。娘もやって来た。何年か前から娘はこの時間に自分で起きてくるようになった。そしてすぐ洗面台に向かう。三十分後さっきのボサボサ頭が綺麗に整えられて、オレの前にやってきてテレビを点ける。母親に朝食をせかしながら朝の占いをチェックするのが日課である。

娘が占いを見終わる頃父親も起きてくる。テレビの前に陣取り、忙しくしている母親に「おい、コーヒー」だの「おい新聞」だの勝手ばかり言っている。五分待たされるだけで、イライラし始める。自分でしたらどうだとオレも毎日イライラさせられる。

コーヒーと新聞を持ってきた母親がオレを睨《にら》み付け、怒った顔で二階に駆け上がる。

一分後母親が降りて来て、その四分後に息子が寝癖のついた頭で降りてくる。

七時十分。平日はこの時間にこの家の全員が顔をそろえる。

朝のオレは注目の的だ。皆が何度も何度もオレを見る。少し照れるが誰一人として笑顔は向けてくれない。険しい顔でこちらを見たり、オレを見た瞬間に驚いたりガッカリしたり。

紀元前のエジプト人が午前と午後を作ったとか、古代バビロニアで初めて日時計を作り一週間七日制を決めたとか、そんな昔話も聞いたことがある。そんな大昔からオレ達は世界中同じスピードで一分一秒を刻んでいるのに、嫌な顔をされるなんてたまったもんじゃない。

だが、頻度《ひんど》は極端に少ないがオレに笑顔を向けてくれる時もある。

ある日の午後四時前。息子が何度もオレと窓の外を見てはそわそわニコニコしている。

「ピンポーン」玄関のチャイムの音がし、何人かの子供たちがドカドカとリビングに入ってきた。

ここから約一時間半、ゲームの時間が始まるのだ。画面は見えないがオレからは一喜一憂《いっきいちゆう》する子供たちの顔が丸見えでなかなか面白いのである。勉強を一時間しろと言ってもできないが、ゲームだとトイレを我慢してまで何時間でもできるようだ。

が、五時半が近づくとまたあの時間がやってくる。皆が苦々しい顔でオレをチラチラ見始める。

中にはオレに呪いの様に「時間よ止まれ」とつぶやく者もいる。残念だが時を止めるには地球の回転を止めるしかないんだよ。万が一オレが呪いで止まっていても、君の家の時計は確実に進んでいるから遅くなったら怒られるぞ。

ある日久しぶりに友人と食事をしてきた母親が新しい時計を買ってきた。確かにオレは息子が生まれる前からずっとここにいるが、きちんと仕事は全うしている。捨てられる謂《いわ》れなんか何一つないぞ。新しいそいつを見てみろ、確かにモダンで今時な顔をしているが、数字が書かれていないじゃないか。息子にはそれでは分かりにくいぞ。時を知らせるという本来の仕事ならオレの方が絶対に格上だ。

謂れなき解雇《かいこ》を感じあせっていると、帰ってきた娘が新しいそいつを気に入ったらしく「私がもらっていく。」と母親の返事も待たずに二階へ持って上がった。最近帰宅後のリビングでもスマホばかり見て、こちらを見ることが少なくなった娘だが、この時ばかりは「よくやった」と叫びたかった。

ある日の深夜、父親が息子を連れてリビングに降りてきた。午前二時である。すぐにテレビを点けたが思いのほか大きな音であわてて音量を下げてチャンネルをかえた。どうやらサッカー中継を見るらしい。

息子は最初こそ興奮して見ていたが、二十分もすると眠ってしまった。父親も結局試合開始から八十分たったころ寝息をたて始めた。その後に「ゴール!!!」と叫ぶ解説の声はすでに聞こえていないようだった。四時ごろに母親が「やっぱりね」と言いながら二人に毛布を掛けていた。

正確な時を刻むと偉そうに言ってきたが、オレ自身にはどうしようもできず、正確ではなくなる時が数年に一度やってくる。先週末ころから少しずつ遅れてきているのだ。オレは違和感を感じているが、まだ誰も気づかない。今朝もテレビの時刻より二分遅れているのに。

そしてオレはとうとう七時四分の所で停止した。実は夜に止まったのだが、翌朝になってもまだ気づかない。娘が占いを見終わってしばらくした頃、母親がテレビの時刻が七時二十二分を表示しているのを見て初めて気づいたのだ。全員大パニックだ。

電池の予備が無かったらしく、オレは買い物から帰る母親を待っていた。忙しいらしく夕食ができるまでオレは止まったままだった。食事の後、オレはやっと息を吹き返すことができた。今回は母親が電池を換《か》えてくれたが前回は「僕がやる」と父親に肩車された息子がオレを壁から外そうとして、危うく落とされそうになったのを今でも覚えている。さあ次に電池をかえる時には息子が一人で換えられるようになっているかな。

ま法のこう水

川上京香（岡山市立宇野小学校6年）

まみちゃんはとってもはずかしがり屋。初対面の人に会ったときなんて、いっつもお母さんの後ろにかくれて、もじもじしています。

そんな様子をいつも見ているお母さんは、まみちゃんにもっと明るい子になってほしいと思っていました。

ある朝のことです。まみちゃんが何かを見つけて、お母さんのところへ行きました。

「お母さん、これなに？」

まみちゃんが持っているのは、きれいなうすピンク色のビンです。

「これはね、こう水っていうのよ。」

お母さんが言いました。

「わぁ、いいにおーい。」

「これはま法のこう水でね、これをつけると、どんなまみちゃんにも変身できちゃうんだよ。」

お母さんはじょう談交じりでそんな話をしました。この話を聞いたまみちゃんはビックリ！

「どんなまみにでも、な、なれるの〜⁉」

まみちゃんは、この不思議なこう水をつけてみたくなりました。まみちゃんはとってもはずかしがり屋なので、勇気のあるまみちゃんになりたいと思っていました。さて、本当に勇気のあるまみちゃんになれるのでしょうか。

翌日、まみちゃんはお母さんにこう言われました。

「まみちゃん、お買い物いこっか。」

「ううん。まみ、一人で行く。」

まみちゃんはこう水をつければ、きっと自分は勇気がある自分になれる、だから一人でおつかいに行きたいと思ったのです。

「え！まみちゃん一人で行くの？」

「うん。ま法のこう水をつければいいし、行ける気がするから…。」

そうするとお母さんは、笑顔で言いました。

「そうね。がんばっておいで。」

「うん。」

行くとは言ったものの、不安なことが頭の中にうかんできました。

もし、近所にいる大きい犬が急にほえてきたらどうしよう。もし、お店の人に買う物を言えなかったらどうしよう。

でも、もう行くしかないと思いました。そして、お母さんにこう水を耳たぶにちょんちょんっとつけてもらいました。そうするとお母さんが、

「買ってきてもらうものをメモするね。えっとまず、八百屋さんでじゃがいもを買って次に肉屋さんで牛肉を買ってきてね。今日の晩ご飯はまみの大好きな肉じゃがだからね。がんばってね。」

お母さんはまみちゃんにメモ用紙をわたしました。

「じゃあ、行ってきまーす。」

最初は八百屋さんに行きます。でも、そのお店に行く途中には、大きな犬がいます。まみちゃんは大きい犬がこわくてきらいです。でも、八百屋さんに行くには、この道を通らなければいけません。まみちゃんは、そーっとその家の前を通りかかりました。すると、

「ワン！ワンワン！」

「うわっ。」

どうしよう。これじゃ、家の前を通れない。まみちゃんは思い出しました。お母さんがつけてくれたま法のこう水のことを。

「よし！いける。」

まみちゃんは勇気を出して、大きい犬がいる家の前を通りました。お母さんといっしょにじゃないと行けなかった道を一人で通れたのです。

「やったー！」

まみちゃんはぴょんぴょんはねました。喜んでいるうちに八百屋さんにつきました。まみちゃんは、はずかしくて、もじもじしていました。すると、

「おや、まみちゃん。今日は一人でおつかいかい？」

まみちゃんは、こくりとうなずきました。

「えらいね。今日は何を買うんだい？」

まみちゃんはもじもじしながら、

「じゃ、じゃが…。」

「ん？」

「じゃがいもください！」

まみちゃんは、おじさんに聞こえるように大きな声で言いました。そのおかげで、きちんとじゃがいもを買うことができました。まみちゃんはうれしくてうれしくてたまりません。さぁ、次は肉屋さんです。肉屋さんでは、笑顔ではきはきとした声でおじさんに注文することができました。まみちゃんの顔はますます笑顔になりました。まみちゃんはこのことをお母さんに伝えたくて自然と

足が速くなりました。

家の前では、お母さんが立っていました。まみちゃんはお母さんのところまで、走っていきました。

「まみ、よくがんばったね。」

まみちゃんの顔は笑顔であふれていました。そしてこう言いました。

「ま法のこう水のおかげで、まみ、勇気のある子に変身したよ。」

でも、あのこう水はただのこう水です。

「まみ、実はね、あのこう水はね、ふつうのこう水なのよ。」

お母さんは本当のことをまみちゃんに話しました。

「えぇ⁉そんなの‼まみ、ま法がなくても一人でおつかいに行けたんだね。やったー‼じゃぁ、まみ、またおつかい行く！」

まみちゃんは、もう不安なことはありません。犬だってもうこわくありません。どんな人にでも話せる勇気があります。そんなまみちゃんを見て、お母さんが、

「フフッ。よろしくね。小さなお母さん。」

「うん！」

まみちゃんは勇気のある、明るい子になれました。もう、おつかいなんてこわくありません‼

はなこ

佐藤桜子（岡山市立石井小学校6年）

―「私の名前は花子です。」そう言うたび、くすくすと笑い声が聞こえる。私はそれを何度も経験してきた―

明日はクラス替えの日。憂うつだ。永遠に今日が続けばいいのに。この苦しさからのがれたい。夢に、入りたい。ベッドの中でそう思えば、いつだって急にふっと意識が遠のいた。

ここは夢の中。私の自由の世界。だから私は花子じゃない。華子になるの。華子になった瞬間、辺りがぱあっと明るくなる。ああ、世界ってこんなにも明るかったんだ。華子になった私は自由。歌を口ずさんだり、野原にねころがったりして楽しいひとときを過ごす。あっ、今度はあちらでティータイムでもしようかしら、なんてお嬢様気分で考えていると一人の少女が現れる。

「あっ、待っていたわ、夢少女。」

私はその少女のことを夢少女と呼ぶ。そのままだけれど。ネーミングセンスがないのは父親ゆずりかしら。さて、夢少女が来たからにはもっと楽しい夢が見られる。さっき考えていたティータイムを二人で楽しんだら、次は野原でシロツメクサのアクセサリーづくり。私のまわりの空気全てがきらきら輝いているような時間だった。私は聞いてみたくなった。あなたの名前は？って。いつも聞いてみる。でも、いつも分からない。

「ねぇ、夢少女。あなたの名前は？」

きっとまた分からない。

「私？私の名前は…。」

目が覚めた。やっぱり分からなかった。なんなんだろう、夢少女の名前は。カレンとか似合いそう。ハーフだったらマリアとかかも。考えながら登校していると、はっ、と思い出した。今日はクラス替えの日だった。不安が心の中にどんどん広がっていく。気付いたら教室にいた。おはよう、花子ちゃん、なんてあいさつしてくる子もいるけれど、今の私はそれどころじゃないの。クラス替えのことで頭がいっぱいなの。

とうとうクラス替えの時間が来てしまった。私は三組。うちの学校は人数が多いから、初めて同じ組になる人がたくさんいる。そして自己紹介の時間がやってきた。紙が配られた。その紙に自分の名前と好きなものをかいて、出会った人に渡すというもの。どうか笑われませんように。自己紹介タイムがすぐに終わりますように。そういつも願う。でもその心の声が神様に届くことはない。

一人目、二人目、三人目、四人目…。苦しい時間がやっと終わった。でも本当に嫌なのはここから。男子のからかいの的になる。

「おい、見たか、あいつの名前。」

「見た見た、花子だってな。」

「なんで今時、花子なんだよ。」

男子のささやき声が聞こえる。むねが苦しくて、はずかしくて、ふとまわりを見れば、女子までもがささやき合っている。今朝教室でおはよう、花子ちゃん、なんてあいさつをしてきた子までもが。どうして。あなたは知っていたでしょ、私の名前を。去年も同じクラスだったし、おしゃべりもしていたじゃない。なのにどうして今になって笑うの。まわりに流されたから？みんなについていくため？

帰りぎわには雨がふり始めた。今朝ニュースで見た降水確率は十パーセント。かさはない。仕方なく走って帰る。目から出た雨が頬《ほお》をつたう。とにかく、悲しくて苦しくて、泣きたくて。そして早く夢少女に会いたくて。家に着いて自分の部屋に入ったら、かばんを投げ捨て、ベッドに向かう。そして思う。夢に、入りたい。苦しさを消し去りたい。そしてふっと意識が飛ぶ。

ここは夢の中。私の自由の世界。だから私は花子じゃない。華子になるの。華子になった瞬間、まわりがぱあっと明るく……明るくならない。明るくなるというよりもどんどん暗くなってきているのはどうして？世界が闇《やみ》にのみこまれそう。どこにいるの夢少女。助けて、怖い。

はっと目が覚めた。息が荒い。夢少女に会えなかった。ベッドから下りて窓を開ける。朝の空気が流れこんできた。もう朝。あのままねてしまったらしい。制服がよれてしまっている。時計を見ると、五時三十二分。もう少しねようかとも思ったがやめた。宿題に全く手をつけていない。それに制服にもアイロンをかけなきゃ。

朝食をすませて、登校、席につく。

「花子が来た。」

「花子はかわいそうだよなあ。花子で。」

「確かに。」

男子がうなずく。はあ?かわいそうならやめてよ。のどまで出かかった言葉をのみこみ、下くちびるをかみしめる。言ったらまたからかわれる。そうなるなら、言わない方がましだ。こんなことが一日で何回もあった。一時間目の後もからかわれ、二時間目の後は一人で読書をしているだけで女子に冷たい目で見られる。でも、あと少し。四日か五日でからかいはなくなる。これは今までの経験から分かる。でも一番きついのは二日目、三日目。怖くて苦しい時間が過ぎた。やっと帰れる。今日こそは夢少女に会いたい。

十時、目をとじて思う。夢に、入りたい。夢に入らせて。夢少女に会いたい。いつものように意識がうすれていく。

ゆっくりと目を開ける。明るい。空気が輝いている。悪夢じゃない。やった。夢少女に会える。花子から華子へ変身したら、この間ティータイムのひとときを過ごしたテラスで待つ。どれくらい待ったのかしら。夢の世界に時計はないから、正確には分からないけれど長く待ったことはまちがいない。

「お待たせしたわ。ごめんなさい。」

ふり向くとそこには、花の香りをまとった夢少女がスカートのすそをちょっと上げて、かわいらしく立っていた。私は思わず立ち上がり、夢少女にだきついた。

「もう会えないかと思った。」

そう夢少女に言えば、

「そんなことないわ。あなたが夢の世界に来てくれさえすればいつでも会えるの。」

私はその言葉が何よりもうれしかった。

その後はテラスで紅茶を飲んで、スコーンやクッキーを食べた。私はアッサムのミルクティーを、夢少女はダージリンのストレートティーを楽しんだ。ティータイムの後は野原で四つ葉のクローバーさがし。なんと夢少女は二本も見つけた。私はまだ一本も見つけていない。すると夢少女が一本手渡してくれた。私はクローバーを見つめて、思った。やっぱり夢少女の名前が知りたい。分からないかもしれない。だけど聞きたい。聞けばまた目覚めてしまうだろう。それでも聞きたかった。

「ねぇ、夢少女。あなたの名前を教えてくれない？知りたいの。お願い。」

知りたい、聞きたい。

「私？私の名前は…。」

ああ、多分また分からない。

「花子よ。」

え？どういうこと？

「花子は私よ。」

「あなたは華子でしょ？私は花子。」

そうだけど、現実じゃ私が花子なのよ。

「ねぇ、どうして花子なの？」

「私は花子だから。ただそれだけ。」

私は不思議でたまらなかった。なぜ夢少女、いや、花子はこんなにも堂々としていられるのか。

なぜためらわないのか。

「じゃあ、どうしてあなたは自分の花子という名前を堂々と言えるの？」

「花子だから。」

そのとき私は花子に強く憧れを抱いた。自分自身を認め、自分自身と向き合っている。まるで私は子どもで、花子は大人のように感じた。

目覚ましのアラームが頭にひびく。朝だ。

「花子だから…か。」

思わずつぶやく。ベッドからおりてカーテンを開けるとまぶしい朝の光がふりそそいできた。気持ちがいい。その気分のまま着がえをして朝食を食べる。

席についた。からかい、いや少しいじめに近づいたものはまだ終わっていなかった。男子はい い。もうあきてきたみたい。問題は女子。冷たい視線を送ってきたり、何人かで集まって、私をちらちら見ながらこそこそ話をしたり。何か言いたいなら正面から文句をぶつけてよ。そう思うと同時に口が動いた。

「私に文句があるなら、かくれないで正面から言ってよ。」

女子達は私を変な物でも見たような目でにらみつけてきた。すると一人が口を開いた。

「あなたに文句はない。ただあなたの名前が変だから笑っているだけ。」

あざ笑うような表情で言ってきた。いつもなら下くちびるをかみしめているところだろう。でも今はちがう。

「私の名前のどこが変だっていうの。」

はっきり言った。

「そりゃあ、全部でしょ。花子っていう名前そのものが変なの。」

まわりの女子達も、うんうんとうなずく。するともう一人の女子が口を開いた。

「よく学校こられるね。私だったらはずかしすぎてこられないよー。なんで大丈夫なの。」

大きく息を吸いこむ。その時、花の香りと共に花子の声が聞こえた気がした。

「大丈夫。がんばれ。」

私は変わる。自分のことを信じることができない自分を捨てるの。

「はずかしくなんかない。私は花子。何をされようと、何を言われようと花子であり続ける。花子として生きていくんだから。」

笑い声がひびく。でもいい。私は花子。すごくすてきな名前でしょ？

俺、昨日過去に会いに行ったんだ

長山大成（岡山県立岡山大安寺中等教育学校2年）

バスは時間道の中をゆっくりと進んで行く。窓に映るのは遠くにぽつぽつとある駅の光だけ。俺は今、時間バスの中。全人口約七十億人の中から選ばれた二十人が人生をやり直すために時を遡《さかのぼ》っている。

人生やり直し制度。この制度が導入されてもう五年が経つ。毎年、全人類の中から選ばれた二十人が自分の過去に戻り人生をやり直すことが出来る。俺、森本純平《もりもとじゅんぺい》もその二十人の中のひとりだ。倍率三千五百万倍を勝ち抜きこの権利を獲得することが出来た。この制度の目的は誰も知らない。だが人生をやり直せるという素敵な響きに魅せられて、誰もが当選者の発表日にポストに祈る。俺も当選を知らせるはがきが来た時は心底喜んだ。

もう一度そのはがきを取り出した。はがきといっても一種のＩＣなので紙ではなく金属で出来ている。もう一度目を通してみる。

「おめでとうございます。あなたは見事当選し人生をやり直す権利を得ました。しかしこれは権利であり義務ではありません。そのため行く気がなくなれば権利を放棄することも可能です。」

権利を放棄するとその権利はほかの人に移る。しかしそんなことをする奴は果たしているのだろうか。この敷き詰められた人生の中で嫌な生活から抜け出し、もう一度人生をやり直せるといわれれば誰もが尻尾を振って飛びつくだろう。

「隣に座ってもいいかな?」

五十代前半ぐらいのおじさんだった。

「君は何年から来たの?」

「二〇二X年です。」

「そうなんだ。僕はちょうど四十年後の二〇六X年から来たんだ。」

「おじさんはどこまで帰るの?」

「ほんの二、三年だけ。あとおじさんじゃなくて純《じゅん》さんって呼んでもらえるとうれしいな。なんか気恥ずかしくてね。」

「純さん、そのときに何かあったのですか。よろしければ話してください。」

「僕はね、この年までずっとアパートで妻と子ども達と一緒に暮らしていたんだ。でもいい加減マイホームを建てなくちゃいけないと思ってね。そこでたまたま自分ちのポストに坪十五万っていうチラシを見かけて即今まで貯金してきた一千万をポーンと出して買ったんだ。でもそれが緑地地域ってことを知らなくてさ。一文無しになっちゃったわけ。そのせいで妻は自殺して子ども達も家出して今どこにいるかもわからない。だから、二、三年前に戻って今度こそはちゃんとした土地を買ってマイホームを建てようと思うんだ。」

「じゃあ純さんは当選して本当に良かったですね。」

「うん。でもね、実はこの権利僕のじゃないんだ。はがきに書いてあったんだけどこの権利はある男の子が放棄したもので、それがたまたま僕にわたって来たらしいんだ。」

「二〇六X年。二〇六X年。」

「おっと駅に着いたみたいだ。じゃあね。」

「待って純さん。最後にあなたの名前を教えてください。」

「じきにわかるさ。バイバイ。」

俺は窓の外の純さんに大きく手を振った。

じきにわかる。どういう事だろう。でもあの声、あの顔どこかで見覚えがある気がする。毎日見ているような……。いったい彼は誰なのだろうか。考えている間もバスはどんどんと時を遡っていく。

「二〇六Y年。二〇六Y年。」

バスから数人が降りた。この年に未練を残している人たちだろう。その人たちと入れ替わりに一人の女性が入ってきた。みため二十代の若い女性だ。きょろきょろと周りを見渡し俺の隣があいているのを見つけると何の断りもなしにどっかりと座った。

「わたしは大山菜月《おおやまなつき》。あなたは?」

そのひとは真っ黒な長い髪を両脇に垂らしている。目が小さいのに黒目が大きいからどこか不思議な印象を漂わせている。

「森本純平です。中三です。」

「中三だった、じゃない?まあいいや。中三かー。懐かしいなー。受験勉強大変でしょう?どこの高校志望?あっ時代が違うから聞いても意味ないか。」

雰囲気と違いよくしゃべる人だ。話についていけず、俺はいつの間にかうつむいてしまっていた。

「ごめんごめん。私の話ばかり聞いていても面白くないよね。あなたの事も聞かせて。あなたは何年前に行くの?」

「六年前です。なので……小四です。」

「なぜ?その時に何か未練でもあるの?」

俺は……と話しかけてもう一度うつむいてしまった。なぜ俺は過去へ戻るのだろう。受験勉強が嫌になったから?それとも……。

「私はね、友達を取り戻しに行くの。一年前にね。」

友達を取り戻しに行く。どういう事だろう。その時喧嘩でもして、仲が悪くなったのだろうか。

「あたしの友達、西野歩《にしのあゆみ》はね一年前事故にあったの。その日は二人で買い物に行ったの。とても楽しかった。でもその帰り際に喧嘩しちゃったの。だから、私たちは別々の道で帰った。その夜だった。歩が事故で死んだと言う事を聞いたのは。私はとても悔しかった。なんであの時喧嘩しちゃったのだろう。なんで素直にごめんって言えなかったのだろうってずっと後悔して。だから一年前に戻って過ちを直したいの。そして歩の手を引いて一緒に帰ろうって言ってあげたいの。」

俺はいつの間にか大粒の涙を流していた。涙は流れても流れても心の奥から湧《わ》き出てくるようだった。大山さんも泣いていた。

「ごめんね。こんな暗い話しちゃって。」

俺は首を振った。

「二〇五X年。二〇五X年。」

「私ここで降りなくちゃいけないの。歩を取り戻すために。じゃあバイバイ。」

大山さんが降りた後バスの中に残ったのは俺を含めてあと五人ほどだった。俺は後二駅後の二〇二Y年に降りる予定だ。

「ゴトン。」

という音の後にバスが大きく左右に揺れ、そして止まった。と、同時に車内アナウンスが流れた。

「この先の踏み切りで事故があったためバスが三十分ほど停車します。しばらく車内でお待ち下さい。皆様にご迷惑をおかけすることを心からお詫《わ》び申しあげます。」

俺は待ち時間に寝ようと思った。でも、どうしても寝られなかった。ふと思った。本当に俺に人生をやり直す権利があるのだろうか。このバスの中で出会った純さんも大山さんもそれぞれが失ったかけがえのない大切なものを取り戻すためにこの権利を使っている。それと比べて俺は自分自身の勝手なエゴためにこの権利を使おうとしている。受験勉強が嫌になった。今の自分が嫌いだから。そんな理由でこの権利を使うべきではない。いや、使ってはいけない。

でも、本当にそうなのだろうか。当選したのは俺だ。だから権利をどう使おうと俺の勝手だ。どちらが正しいのだろう。悩みを抱えたままバスは出発した。

「二〇二Y年。二〇二Y年。」

ついに、俺が降りる駅がやってきた。俺はバスを降りた。時間道の駅は周りには何もなく、とても静かでとても寂しい空間だった。一気に静寂が俺を包んだ。そこで車掌さんが俺にボタンを差し出した。何の変哲もない、どこにでもありそうな金属製の小さなボタンだった。

「これを押せばあなたは人生をやり直すことが出来ます。あなたの願いを叶え、未練を断ち切ることが出来ます。さあ、押してください。」

「すみません。俺、権利を放棄します。」

「ここまで来て、あと一歩で人生がやり直せるのにいいんですか?」

「ここまで来たからこそ、です。俺なんかよりも困っている人なんて山ほどいる。俺にこの権利を使う価値なんてありません。」

「分かりました。あなたがよく考えて出した結果なら私に口出しする事は出来ません。再度バスにご乗車ください。あなたの時代までお送りします。」

俺はバスの一番奥の座席に座った。そして今度こそはぐっすりと寝た。

すべてが、終わった。

気が付くと俺は自分の部屋のベッドの上だった。今までの出来事はすべて夢だったのだろうか。いや、そんなはずはない。根拠のない確信があった。ふと、ポケットの中に違和感を感じた。そこには一枚の手紙が入っていた。長い間ポケットにあったようで、角が折れたり曲がったりしている。裏には純さんより　と書いてある。

「森本純平君へ
バスの中で君と話すことが出来て本当によかった。若き日の夢と情熱を思い出すことが出来た。君はこの先何度も迷い、壁にぶつかるだろう。でも自分を信じて一歩一歩しっかりと歩んでいってほしい。それが明日への、未来への懸け橋となるから。この先のあなたの人生が充実した素晴らしいものとなることを願って。

森本純平より」

選後評

一般の部

ストーリーの熟成

詩人・岡山大学准教授・文学博士　みご　なごみ

僕は、秋の風がさがってくる頃に、この童話賞の応募作品が作者の手から送られてくるのを、毎年楽しみにしています。選考委員で、秋の風の中、立ち上がってくる、そんな作品を、しっかりと読ませていただいています。

そんな中で、今年度は、（僕には、）ストーリーとして、その誕生と完成との間に、なにか熟成が物足りない、そんな気がしてしまいました。もちろん、フィクションの枠組みができ、拮抗があり、揺れあいがあり、溶け合いがあり。なのですが、それでも、作者の方々の物語構築の過程で、発想という誕生から、その後の熟成がどれくらいあっただろうかと、少し思ってしまったわけです。

フェアリーな世界を描くもの、現代社会の中のこどもたちの感性を扱うもの、伝統的おとぎ話のスタイルのもの。さまざまなカテゴリーに分けられる作品に共通して感じられたのが、時間とひねりとが、熟成と同義語になり、イコールになっていたのかな、という印象でした。これは、受賞となった作品を含め応募作品に共通して言えることです。熟成には、登場人物の視点や言葉遣い、話者の軸の一致、形容詞や副詞にまで気を配った表現、など様々の要因があるでしょう。そして、丁寧さも必要です。熟成というのは、一気にはできないものですものね。

最優秀作の「幸運の鳥」についてですが、折角の設定の良さやそのテーマの清々しさに対して、一方で、時々波間にみえてしまう大人の視線からの発言や言葉が存在していました。そこに、読者の年齢を十分に考慮に入れられる余裕をもった熟成が欲しかった、と思います。設定されるべき読者の読むという行為の線に対して、それを留まらせてしまう点があったように思います。熟成とはこのような点を、より円滑で流れやすい線に含ませるように変成させてくれるものでしょう。

優秀作と入選作となった作品の中で、僕からは、「まじょの子リサのドレス」と「天狗の子」へのコメント。好対照のスタイルの作品ふたつですが、どちらも、シンプルな構成な中にストーリーの糸を組み込んでいこうとする意欲によって作品が支えられていました。どちらにも展開の良さがあるのですが、ただ、描かれている人物が発する言葉にもう少し工夫（そう、熟成ですね）を生み出させられなかっただろうか、と思いました。

選外では、「ふしぎな男」。このお話では、広場↓村↓海↓森↓砂漠と、テンポよく場（＝トポス／ギリシャ語で場所の意味）が変様するのと同時に、魅力的に大きな鞄が、関わってきています。少し描写や言葉遣いを急いでしまっていたかもしれません。

急がば回れです。丁寧さは、ストーリーを創るのに熟成をもたらしてくれるようです。

「童話」から広がるコミュニケーションをめざして

おかやまアナウンス・ラボ㈱代表取締役・コミュニケーション講師

森田恵子

市民の童話賞に応募してくださった方々に質問です。あなたは、自分が紡ぐ童話のストーリを文字にしていく過程で、その作品が活字になり一冊の本として読み手に届くことを思い描いていますか。読み手は、あなたの作品をどのような状況や環境で手にするのでしょうか。タイトルを見るだけで中身を紐解きたくなる、読み進めるうちに引き込まれるようになる、読後は何かを感じたり気づいたりした状態になっている、など、書き手でありながら、読み手の立ち位置を感じているでしょうか。一方的に話すだけでは相手に伝わらないのと同じように、一方的な書き方、「書く」という作業だけに注視していると読み手が見えず、「伝わらない」作品になってしまうかもしれません。読み手は、作品を通して自分自身や著者と見えないコミュニケーションを繰り返している、と私は考えています。

選外ではありましたが、『ロボッ島』は駄洒落をおもわせるようなタイトルです。最後まで興味深く読むことができました。異次元でロボットと博士との出会いを通して平和の尊さを伝えてくれたように思います。最後の3行、物語の閉めの部分の未完成さや改行の仕方などを精査し、書くことを続けてみてはいかがでしょうか。

入選の『ギンブナのチョコ』は愛らしさを思わせる作品名です。足りない部分や悩むことがある中でも成長していく健気なチョコと親子や周囲との愛情に温かさも覚えました。一方で、全体を構成する要素である段落の使い方を研究する必要があるように思います。書き手は何かしら意味をもって改行をしていると思いますが、その「意味」は作品全体の鍵を握っていると考えているでしょうか。また、「みんなはぼくのことをチョコとよびすてする」と、母親が「チョコ」と呼ぶこととの区別が、作品内ではわかりにくかった部分でもあります。制限枚数も活かして、そのあたりの取り組みができたものも読んでみたかった、という感想ももちました。

優秀の『まいごの子ぞう』は、動物園が舞台になっていることもあり、絵が浮かびやすくとても読みやすい内容でした。象からの視点、檻の中から人間を見ている視点、普段は想像ができない、その象の心象風景。物語の展開としては劇的な変化や、あっと驚く仕掛けがあるわけではありませんが、読み手である私自身を主人公と同じ場所に連れて行ってくれる作品でした。読み手に新たな視点を提供するという童話の一つの役割を果たしています。次に書く機会があるときには、ぜひ、また違うテーマで挑戦していただきたいですね。

最優秀の『幸運の鳥』は、現代生活の中で身近にある題材を、丁寧に書き上げた作品として一定の評価がされました。父と母の不仲に心を痛める「あかり」が、「ツバメ」と「松井さん」という存在の力を借りて、様々な関わりや行動をしていきます。その結果、両親に笑顔が戻ってくるという、ツバメの「家庭円満」というキーワドを軸に展開がされていました。気になったのは、「……」「——」という記号がいくつか使用されている箇所です。意図を理解できないわけではありません。ただ、やはりその部分も文章力や構成力を使って表現することを諦めないでほしいと願います。この作品にはありませんでしたが、「?」「!」などの記号が日常的に使われている昨今です。伝えることを楽しむための一つの記号ではありますが、そこに頼りすぎて本来の日本語がもつ素晴らしい表現が廃れていく傾向があるのは、残念なことでもあります。

来年も、多くの人たちの感性に触れられる作品に出会えることを楽しみにしています。

創作とともに豊かな人生を生きる

ノートルダム清心女子大学文学部教授　山根知子

最初に、岡山市ホームページ「市民の童話賞」において、昨年六月に、「選考委員からのメッセージ」が掲載されたことをお知らせします。ここには、投稿の際、是非心がけていただきたいという点について記載しました。十項目にわたって、創作の際力をつけるためのアドバイスをはじめ、選考の際に評価が左右される可能性のある要点も書かれていますので、投稿を考えている方は必ずお読み下さい。

さて、今回の応募作のうち一次選考通過作においては、作者の筆力の高さが感じられる作品が多く、発想豊かに独自性が目指されている傾向が高いことも頼もしく感じられました。

そのように表現力としての書く力の高さが認められながらも、他に問題点をもつために、高い評価が得られなかった作品や、選外となった作品もありました。それは、先の「選考委員からのメッセージ」に触れてある観点と関わります。具体的には、一人称と三人称の混在や、設定された主人公の年齢に相応しい思考や表現になっていない点が致命的な問題になり、評価が下がった作品もありました。さらに、第1部は「幼児から小学校低学年向け」で第2部は「小学校中・高学年向け」という読者対象に関する規定があるのを無視して、枚数のみで応募部門を判断された場合もみられますので、せっかくの努力が無駄にならないように気をつけて下さい。また、文章では、段落構成がなされていない作品や、記号が多用されている作品も、問題視されます。なお、このような要素は今回の入賞作にも幾分みられますので、入賞者にも今後の改善をしていただくことが期待されます。

今回の入賞作に通じ合う要素は、登場人物の内心の葛藤がリアルに描かれ、その葛藤を自分らしく工夫して乗り越えようとするストーリーによって、局面が開かれ一歩成長する内面へと展開する要素だといえるでしょう。逆境に対面した登場人物をリアルに描き、そこに光を見出し成長する力を描くことは、岡山市出身の坪田譲治作品の特徴でもあり、児童文学の大切なテーマであるでしょう。

最優秀作「幸運の鳥」は、そうしたテーマを、ツバメという自然界の命の営みをめぐって展開する人間の日常世界としてしっかりとした作品構成で描き進めています。優秀作「まいごの子ぞう」は、動物園の子象の視点から、募る自由への憧れと現実との葛藤や、母との絆との関係での心の揺れが表現され、ハッピーエンドでありながらも、その後を想像させる余韻が残されています。入選作からは「どたばた　ドドド」を取りあげると、子どもの視点はもちろん、母の視点からも、我が家の在り方を、負い目のあるマイナス要素から愛情に裏打ちされたプラス要素へと捉え直す過程が、リズミカルな文体で展開されます。

　これらの各テーマの背後には、作者自身が自らの実感ある体験があるがゆえに、そうした作品構想を生み出すことができ、そのテーマが読者に力強く伝わるのでしょう。つまり、日常生活のなかで自分の心の葛藤を見つめ、その心を耕し、乗り越えようとしながら、それらを表現の世界へ発露させる営みを行っていること自体が、抑圧から解放され心を癒やす文学創作療法となっており、そうした内面を通過して生まれた作品が真に力強い生きる力を伝える童話となるのだといえます。その原動力があれば、文学作品としての構成力や表現力については、執筆・投稿回数を重ねて上達してゆく充実感を味わうことができますし、また創作を続けながら、日常の自分の心や感性を豊かなものにしていくことができます。このように、童話を書くことによって、童話作家たちもかけがえのない人生を深く生きているように、多くの市民の方々が魅力あふれる創作活動とともに豊かに生きる姿勢を、この市民の童話賞を契機に、もち続けて下さることをどんなに願うかわかりません。

基本を確認しながら

岡山地域資源・ＥＳＤ研究会
岡山市立岡山後楽館高等学校　山本和雄

　今年度の選考会はある意味で紛糾した、と言ってもいいと思います。これは、今年度から「岡山市文学賞『市民の童話賞』」のＨＰに掲載されている「選考委員からのメッセージ」が、「予備選考」も含めてどの程度達成されているのかを、童話作品としての形象度の審査と並行して議論したからです。具体的には、まず例年各委員から指摘がある、「人称と視点」の不統一部分が気になるということ。「登場人物の設定」や「時間と空間の設定」における作中自家撞着とも連環してくる課題です。そして、「文章の基本」的課題としては、記号に頼る傾向があるということ。枚数制限の問題もあり、一種の工夫ともとれますが、できるだけ文章による表現の可能性を追究してほしいということです。さらに、作品形象・創作「意欲・個性」の点から、入賞を検討されましたが、内容の「読者対象年齢」で課題が残るとされた作品もありました。

　では、以上のことを踏まえて、入賞を逃した何点かの作品について触れてみたいと思います。

　まず、「川の街の祭りの夜」。よく工夫され、展開に即して読者の注意を喚起する仕掛けがちりばめられた作品です。題名からして、何か起こりそうなイメージ。読み始める前、「祭り」「夜」という単語から連想される様々なイメージが脳裏をよぎりました。「川の街」という規定。なぜ「河」ではなく「川」なのか、「町」ではなく「街」なのか。作者の意図とは関係なく、一読した後に考えさせられました。「夏はひどく刹那的だと思う」で始まる、夏の夜の幻想。人物の心中描写とのマッチングから、夏祭りの一面、アンニュイな気分をうまく伝えていると思いました。創造されたちょっと怪しくて不思議な川の中の世界。百閒の「冥途」や、映画「千と千尋の神隠し」の湯屋の世界を想起させる、提灯のぼんやりした灯りの世界。そこには主人公の分身「みずき」が待っていました。夏祭りの夜、幻想的要素と重なる主人公「瑞樹」の自分探し的な展開に物語としての魅力とテーマ性を感じました。ただ、「読者対象」の観点から、この作品を「童話」としていいのかという疑義が討議されました。これまでもこの観点のボーダーライン上の作品の応募がありましたが、本作品については、「童話」作品としてのもう一工夫を期待して今回の入賞は見送るということになりました。大変残念ですが、今後のさらなる精進をお願いします。

　つぎに、「もう、せんけん」。小学四年生のケンジと、看護師の母親のお話。男女共同参画社会実現と、子どもの成長に必要な母性存在の背反を思わせる展開です。結末は、母子の相互理解により、すさみかけたケンジの心が癒されます。家族の愛情がシンプルに描かれており、「オムレツ」や「セミの声」の描写も効果的でした。「オムレツ」は母がそばにいる充足感を、「セミの声」は母のいない寂しさを象徴するものとして描かれているようです。内容と構成は注目に値しますが、表記上一行あきの多用や、人称の区別の不明確さ、他の家族の存在感の希薄さが指摘されて入賞を逸しました。テーマ性を活かして、再構成してみてはいかがでしょうか。

そして、「冬の四つ葉」。兄妹の物語。日記をつける妹菊乃。兄は受験。自分は寂しいが、兄が将来のために頑張っているのなら応援したいという、揺れる少女の心の成長がさわやかに描かれています。友人の存在も重要です。日記の使い方も効果的でした。ただ、人物設定が類型的で理想化されすぎているのではないか、という意見があり入賞を逸しました。意味深い題名設定技法と、「日記」というモチーフの取り扱いをうまく活用して、再挑戦してみてはいかがでしょうか。

以上、入賞を逸した作品に関する「コメント」を綴らせていただきました。十分意を尽くしていないかも知れません。失礼があったらご容赦ください。取り上げた作品以外にも、触れてみたい作品はありますが、紙幅の関係でここまでとさせていただきます。

それから、お手もとに届いたこの「冊子」が、入賞者の方はもちろんのこと、作品を応募されたすべての方々の今後の創作活動の励みとなることを祈っています。

小中学生の部

前進は一歩ずつ

児童文学者　小野信義

今年も昨年を超える応募がありました。一次選考を経た小中学生の作品はさすがに力作ぞろいで、中でも小学生の諸君の作品に見るべきものが多かったように思います。

昨年の表彰式での講評で、わたしは「出来るだけ短い一文で書くことを心がけてみよう」という話をして夏目漱石の「我が輩は猫である」の冒頭部分を紹介しました。すると、表彰式ではあいにく欠席されていてわたしの話は聞いていないはずなので偶然でしょうか、早速昨年の入賞者が実践してくれた形になりました。「時計」です。時計を主人公にした漱石流の文章です。冒頭は「我が輩は猫である」を模倣していますが、それが少しも嫌味がなくテンポよく時計の目線で話が進められていきます。このように、短い文体は、読者に理解につながる爽快感と心地よさとを与えてくれます。こういう試行的経験を経て、次第に作者自身の独特の文体を身につけていくことになるのでしょう。次回も一歩進んだ作品を書いてくださることを期待しています。

選外になりましたが、印象に残った作品として「愛美の備前焼」があります。壊した備前焼を軸におじいさんとの交流を書いたものですが、残念ながら「作文」の域を出ないとの評価でした。心理描写など見るべきものが多かったのですが、主人公を「わたし」としたために物語性が薄らぎました。第三者（固有名詞でよい）的なものを主人公にすれば客観的に話が展開し、自ずから書き方も変わってくると思いますし、物語としての性格が色濃く出てくるのではないかと思います。

続けて入賞した人が複数いましたが、たぶん平素しっかり本を読んだり、他人の話に耳を傾けたりして勉強をしているにちがいありません。みなさん、書くことを意識して、毎日一歩ずつでも前進していくよう心がけてください。

虚構の中のリアリティー

日本児童文学者協会会員　片山　ひとみ

私はあなたの家に招かれる。

そこには、長い廊下があり、歩を進めるたび、時に足先を波が洗い、土の中をさまよい、柱時計の中にいざなわれる。

窓を震わせながら響く音は、家に宿る人々の心の声。その声が、私をいつのまにか繰り広げられる世界に同化し、共鳴し、溶け込ませる。

やがて、廊下の先に次々に登場する扉。ページというノブを握る手が汗ばむことも、ためらうことも、胸躍らせることも、怒りに奥歯を噛み締めることもある。家屋の豪華さや調度品のしつらえへの関心や好みの有無ではない。そこに、あなたが綴った言葉の心臓があるから。架空の中に、主観的真実という唯一の光があるからだ。

物語は、現実から数センチ遊離しても、いや数億光年かけ離れた意外性を有しても構築できる家だと考えている。

ただ、必要不可欠なのは釘でも瓦でもない。

その家に、あなたの心が映っているか、なぜこの家を建てたのか、なぜこの家に招きたかったのかなのだ。

日常という空間の中で、私たちは、心がヒリヒリすることも、澱むことも、ひるむことも、大きな渦の中に巻き込まれたように整理がつかないことも、涙を流すほどの喜びも幸せもあるだろう。

生きるというリアリティーの源はここにある。

実像に近い空想の家を設計できたなら、客を導くあなたも、この家にまつわる登場人物の心裏にもリアリティーを追求していただきたい。自分の都合の良いように、家の雰囲気に合うからと安易な動かし方をすれば、扉を開けなくても向こうが見える浅はかさを招く。

虚構の中のリアリティーは、家の外見や造りという体裁より、そこに体温や鼓動、香りや色を感じられ、揺るぎないテーマが一貫して存在しているかだと思う。

今回、最終候補に残ったが、家の設計で破綻したものがあった。蝉の幼虫のぼくが羽化し、一羽の雌の美しすぎる歌声に聞きほれ好意を持つ展開だが、雌の蝉は鳴かないのだ。

腹弁の発音器を持つのは雄だけで、雌は産卵機能の部位となる。史実や事実の間違いは、一瞬にして家を消滅させる危険を伴う。

客観的真実を取り入れる際は、細心の注意を払って調べる配慮と努力が必要である。

私は採点表提出締切りギリギリまで何度も応募作を読むが、幾度も訪れたい家こそが虚像を実像にする魅力に溢れていると感じる。

入選「海ポストと人魚のあおちゃん」、構成力も細部への工夫も秀逸。「黒沢山のこん虫さい集」、素直な文章が微笑ましい。「時計」、ユニークな視点をブレずに貫いた。「ウソ」、人形たちと真琴の心理描写が巧み。

佳作「ま法のこう水」、小道具の使い方が上手い。「はなこ」、等身大の心情が胸を打つ。「俺、昨日過去に会いに行ったんだ」、時空を越える設定と重ねた人間模様が見事だった。

来年も、様々な家との出会いを期待している。

旭川の岸辺で

詩の会 ネビューラ同人 中川貴夫

小学生の部では「海ポストと人魚のあおちゃん」「黒沢山のこん虫さい集」「ま法のこう水」「はなこ」の四作品が印象に残りました。

「海ポストと人魚のあおちゃん」は作者の持つ豊かな想像力と感性が読む者を魅了します。何よりも作者自身が書く喜びにあふれており、それが私たちにも伝わってくるようでした。「黒沢山のこん虫さい集」は虫の王国（自然）への作者の〝畏敬と憧れ〟が色濃く出ていました。会話の岡山弁もほほえましく地元の子供たちの生活感をよく表現していました。「ま法のこう水」は主人公と母親のきめ細い愛情が感じられ、しっとりと落ち着いた作品に仕上りました。「はなこ」は小学校最終学年らしい自分を見つめた作品です。夢と現実の交錯の中で現実に目ざめる主人公の姿に、思わずエールを送りたくなるラストでした。

選外になりましたが、「ぎんちゃんとかっぱのすけ」「トララたちの友じょう」の二作品は好感の持てる作品でした。特に「ぎんちゃんとかっぱのすけ」は最初にかっぱのすけがおにいちゃんである伏線を書いておけば、もっといいお話になったと思います。

中学生の部は「時計」「ウソ」「俺、昨日過去に会いに行ったんだ」の三作品。

「時計」は読んでいて口元がほころぶような楽しい作品です。家族への人間観察も行き届いており、彼等を見る時計の目にやさしい温もりを感じました。「ウソ」は母親を失った少女と人形たちの心理描写が切ないまでに美しく描かれており、読後に余韻を残した作品でした。「俺、昨日過去に会いに行ったんだ」は構成がよくまとまっており作者の力量を感じました。また自身をふり返る中学生らしい純粋さに好感を覚えました。

全体を通してみると今年度は誤字脱字が少なく、文字も丁寧に書かれており、応募された皆さんの努力の跡を感じました。今回思いを深くした事。それは〝物語を綴る〟という事です。紙の上に自分の思いを自由に綴る事で心が軽くなり考える楽しみが身についてきます。機会があれば書き続けて下さい。書き続ける事があなたの力になります。

僕の家は四階にあり、ベランダからゆったりした旭川の川面を眺める事ができます。土手には春のつくし、タンポポから始まりたくさんの樹や花、鳥や虫の姿が見られます。岸辺の草に座り目をとじるといろいろな命のつぶやきが風に乗って聞こえてきます。僕は楽しくその声に耳を傾けます。さりげない日々の暮らしの中に輝くものがいっぱいあります。あなたがそのきらめきを原稿用紙に書きとめた時、きっと素晴しい作品が誕生する事でしょう。

岡山の子供たちの成長を願ってやみません。

読み手を意識して、楽しんで

芳田中学校　学校司書　西村百代

物語を書こうと原稿用紙に向かったとき、みなさんはどんなことを考えているでしょうか。その作品の向こうにいる読み手のことを意識しているでしょうか。

人に読んでもらうのですから、誤字脱字をしない、原稿用紙を正しく使う、清書をする、提出前に見直すという基本的なことは大切です。読み手のことを考えて、ていねいに仕上げて提出してもらいたいと思います。応募作品の中に、原稿の途中が抜けおちているものがあり、見直しさえしていればこんなミスはしなかったろうにと残念に思いました。

10枚の原稿用紙の中に、一つの世界を作り上げるのはとても大変なことです。ファンタジーを書こうとして、その世界の説明だけで原稿用紙が終わってしまう、肝心の物語が始まっていない作品がいくつかありました。いきなり大きな世界を書こうとしないで、日常生活のちょっとした出来事を少していねいに観察してみる、いつもとは違った角度から眺めてみる、そんな身近なところから物語を始めてみるのもいいかもしれません。

また、発想はとても面白いのに「科学的な誤りがある」ために選考から外れた作品もあります。やはり、あきらかに矛盾があったり、間違っていたりする世界では、読み手は安心して楽しむことができません。書きたいものを明確にして、それが読み手に伝わるように表現の工夫をしてもらいたいと思います。書きたい事柄について、図書館で調べて事実を正確にしておくのもいいでしょう。そして、物語が完成したら、声に出して読み直してみたり、誰かに読んでもらったりしながら推敲を重ねてください。完成した物語は、自分の描きたいことが読み手に伝わるものになっているでしょうか。独りよがりな文章になってはいないでしょうか。

とはいえ、応募作品の中には、作者が楽しんで書いている様子が伝わるものもたくさんありました。何よりも、書くことを楽しんで、これからも書き続けて欲しいと思います。

第30回岡山市文学賞「市民の童話賞」作品募集

［募集期間］

平成26年7月1日（火）〜平成26年9月5日（金）（消印有効）

［募集要項］

・部　門

一般の部

第1部　幼児から小学校低学年向けの作品

４００字詰め原稿用紙５〜10枚。使用漢字は小学校低学年程度

第2部　小学校中・高学年向けの作品

４００字詰め原稿用紙10〜30枚。使用漢字は小学校高学年程度

小中学生の部

４００字詰め原稿用紙10枚以内の童話・ＳＦ・ファンタジーなど（5枚以上が望ましい）

※さし絵つきの作品の場合、絵は白い紙に描き、裏に学校名と氏名を記入してください。

・募集対象

一般の部

岡山市内に在住・通勤・通学している人、以前岡山市内に居住・通勤・通学していた人

小中学生の部

岡山市内に在住・通学している小中学生

・賞・記念品

一般の部

最優秀　１　名（賞状・たて・図書カード3万円分）

優　秀　２　名（賞状・図書カード1万円分）

入　選　若干名（賞状・図書カード５千円分）

小中学生の部

入　選　５名程度（賞状・図書カード５千円分）

佳　作　若干名（賞状・図書カード３千円分）

・入賞者発表

平成26年12月頃、発表予定

・作品集の発行

入賞作品集「おかやま　しみんのどうわ　２０１５」を市内等の書店で販売予定

※入賞者全員に贈呈いたします。

・応募規定

（1）未発表の創作童話で、他へ応募していない作品。部門を通じて1人1作品に限ります。なお、過去に一般の部で最優秀となった人は応募できません。

（2）応募作品はお返ししませんので、必要な方は事前にコピーをお願いします。

（3）作品はA4判横長原稿用紙に、読みやすい字（楷書）で縦書きし、ページ番号を記入してください。パソコン等利用の場合は、A4判横長に20×20字の縦書きで印字してください。

（4）応募用紙（コピー可）に必要事項を記入して作品に添付し、郵送または持参してください。（審査の公正のため、作品には題名と本文だけを記入してください。）

（5）入賞作品の著作権は作者に帰属しますが、最初の出版権は主催者が保有するものとします。

（6）入賞作品集の出版にあたり、編集上、必要な修正を加えることがあります。

［作品の送り先・お問い合わせ先］

〒700―8544

岡山市北区大供一丁目1―1　岡山市文化振興課内「市民の童話賞」宛

電話：086―803―1054（直通）

FAX：086―803―1763

主催　岡山市・岡山市文学賞運営委員会

「市民の童話賞」にご応募いただく皆様へ

岡山市文学賞「市民の童話賞」
選考委員からのメッセージ
http://www.city.okayama.jp/bungaku/dowa-msg/

岡山市文学賞運営委員会では、「市民の童話賞」に応募してみようという皆様へ、選考委員からのメッセージを「岡山市文学賞」ホームページに掲載しております。ぜひ、童話を書かれる際は参考にしてください。

あわせて「岡山市文学賞」ホームページの様々なコンテンツもご覧ください。次ページでご紹介しています。

「岡山市文学賞」ホームページのご案内

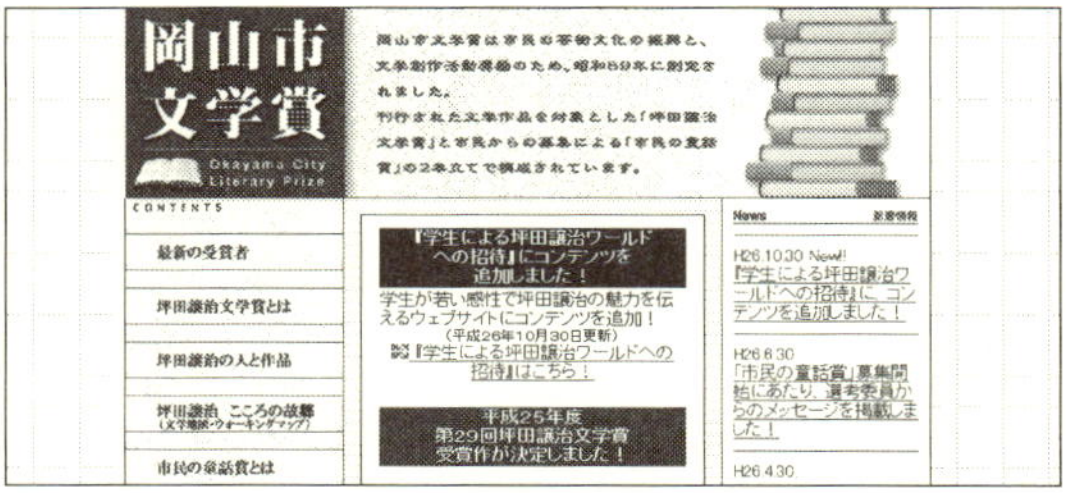

岡山市文学賞ホームページ
http://www.city.okayama.jp/bungaku/

岡山市文学賞運営委員会が開設する「岡山市文学賞」ホームページでは、岡山市文学賞（坪田譲治文学賞／市民の童話賞）に関する情報とあわせて、坪田譲治およびその作品についてご紹介しています。

おもなコンテンツ

◆坪田譲治文学賞とは／受賞者一覧

坪田譲治文学賞の概要、選考委員、歴代受賞者一覧を掲載。
受賞作決定の際は、受賞作の紹介と選評、受賞者からのメッセージも掲載。

◆坪田譲治の人と作品

坪田譲治の人物像とおもな作品をご紹介。さらに、坪田譲治の魅力にふれられる関連ホームページにもリンクしていますので、ぜひご覧ください。
＜関連ホームページ＞
・学生による坪田譲治ワールドへの招待
・坪田譲治の文学作品　　・坪田譲治を訪ねて

◆市民の童話賞とは／受賞者一覧

市民の童話賞の概要、選考委員、歴代受賞者一覧、作品を書くときに参考になる「選考委員からのメッセージ」を掲載。

市民の童話賞
「選考委員からのメッセージ」

◆おかやま文学フェスティバル

毎年、２～３月に開催される「おかやま文学フェスティバル」のご紹介。カフェイベント「おいしいおはなし」や図書館、シティミュージアム、書店フェアなど。

岡山市文学賞 で検索！

おかやま　しみんのどうわ 2015
第30回「市民の童話賞」入賞作品集

2015年1月1日　初版発行

編　者　岡山市・岡山市文学賞運営委員会
岡山市北区大供一丁目１－１
電話 086-803-1054

発　行　ふくろう出版
〒700-0035 岡山市北区高柳西町1-23
友野印刷ビル
TEL：086-255-2181
FAX：086-255-6324
http://www.296.jp
e-mail：info@296.jp
振替　01310-8-95147

印刷・製本　友野印刷株式会社
ISBN978-4-86186-620-3 C0093